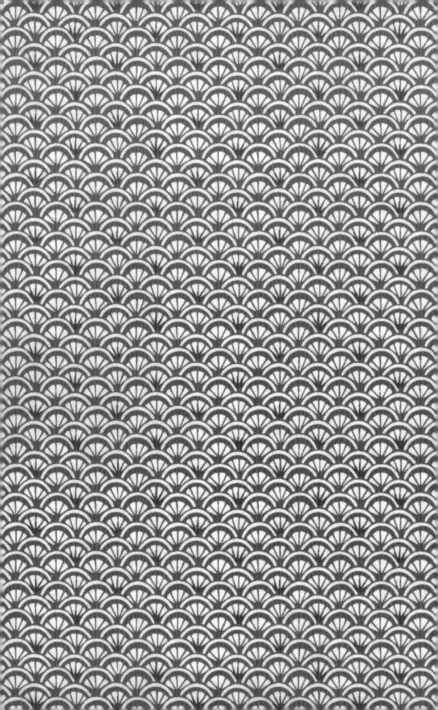

잘 있거라, 독자여!
목숨 붙어 있거든 훗날 다시 만나리.
힘내서 살자구. 절망하지 말어.
그럼. 이만.

소설 『쓰가루』마지막 구절.

太宰治

寫眞 ⓒ 田村茂

비용의 아내

다자이 오사무

김동근 옮김

ヴィヨンの妻
비용의 아내

1판 1쇄   2020년 2월 9일

지 은 이   다자이 오사무
옮 긴 이   김동근
발 행 처   소와다리
주　　소   인천광역시 남구 구월로 40번길 6-21번지 3가동 302호
대표전화   0505-719-7787
팩시밀리   0505-719-7788
출판등록   제2011-000015호(2011년 8월 3일)
이 메 일   sowadari@naver.com

※잘못 만들어진 책은 구입하신 서점을 통해 바꾸어드립니다.

ISBN 978-89-98046-88-0 (04830)

ヴィヨンの妻

太宰治

挿絵 © 林芙美子

| 차례 |

≪사진 실격≫

『인간실격』 인터뷰에 쓸 사진을 찍으려 했지만 왠지 새침한 표정 때문에 B컷이 되어버린 사진.

편집 후기

   (설마 나는 당신이 다자이 오사무와 그의 삶에 대해 전혀 모르는 상태로 이 책을 집어 들지는 않을 거라 생각합니다.) 술과 여자 문제로 갖은 고생을 하다가 겨우 살아난 다자이 오사무는 1939년, 그의 나이 30세 되던 해에 스승 이부세 마스지의 중매로 여교사 이시하라 미치코와 결혼하여 도쿄 미타카에 자리를 잡고 나서야 비로소 양적、질적으로 안정적인 작품 활동을 하며 작가로서 전성기를 맞이할 준비를 할 수 있었습니다.

   1945년 초、전쟁에서 사실상 패배한 일본제국은、그러나 끝까지 항복하지 않고 극렬하게 저항했고、연합군은 전쟁을 끝내기 위해 일본의 주요 도시에 연일 폭격을 가했습니다. 다자이의 미타카 집도 폭격에 불타버려、그는 가족과 함께 처가가 있는 야마나시 현 고후 시로 거처를 옮겼습니다만、곧이어 고후 역시 불바다가 되는 바람에 1945년 7월 말、아오모리 현 쓰가루 고향집으로 피난을 갈 수밖에 없었습니다.

1년 3개월 동안 고향에 머무르던 그는、1946년 11월에 다시 도쿄로 돌아와 작품 활동을 이어가게 됩니다. 이 책은 피난살이에서 돌아온 다자이가 『사양』을 출간하여 인기 작가가 되기 직전 1년 동안 발표한 작품을 모은 단편집입니다. 수록된 일곱 편의 작품 중 대부분은 고향집에서 썼거나 구상한 것들인데、글 여기저기에서 패전 후 암담한 사회 분위기가 묻어나지만、기존 작품들보다는 확실히 밝은 느낌입니다. 아마도 여러분은 이 책을 펼치면서 어두침침한 절망과 우울의 파티를 기대하셨을 텐데요、이번 책은 그렇지 않습니다. 『인간실격』이 뭐랄까 마이너스적인 의미로 재미가 있었다면、이 책은 플러스적인 재미가 있습니다. 혹시나 다자이의 우울에 전염될까 너무 걱정 않으셔도 될 것 같습니다. 전부 가볍게 즐길 수 있는 이야기들이라 굳이 필요 없을 것 같지만、일단 각 단편들에 관해서 짧게 적겠습니다.

　『따앙땅땅』은 패전 후 젊은이들 사이에 팽배했던 무력감과 허무주의를 소재로 하고 있습니다. 마지막 답장 부분은 몇 번이고 곱씹었습니다. 이 이야기의 부작용은 읽고 나면 머릿속에서 정말로 따앙땅땅、망치 소리가 들린다는 것입니다.

　『남녀평등』은 설마 다자이 오사무가 이런 주제로 글을 썼다니 의아했습니다만、결과적으로는 역시 다자이스러운 글이 나오고 말았습니다. 일본제국은 패망 후 미국에 의해 민주주의가 도입되었는데、이때 남녀평등이라는 단어가 유행처럼 번지기 시작했습니다。다자이 오사무가 생각하는 남녀평등이란、과연 어떤 것일까요? 마지막 문장을 읽으면서、그럼 그렇지! 무릎을 탁、쳤습니다。

『친구 대접』은 편집을 하면서 주인공에게 공감(분노!)을 했던 작품입니다。본인은 어릴 적 친구라고 우기지만、전혀 기억이 나지 않는 농사꾼 친구를 등장시켜、들불처럼 번져가는 사회주의와 말만 앞서는 정치인들에 대한 거부감을、물론 본인은 아니라고 하지만、표현한 작품입니다。솔직히 난 이게 소설인지 수필인지 잘 모르겠습니다。

『메리 크리스마스』는 피난살이를 마치고 도쿄로 돌아온 다자이 오사무가 길 가다 우연히 전쟁 통에 헤어진 소녀와 마주쳤다는 실제 사건을 각색했다 하니、앞뒤 사정은 상상에 맡기겠습니다。다자이 오사무、정말 능글능글하군요。

『아버지』는、나는 어쩐지 이 작품에서 그가 부르짖는 의義라는 것이 전부 변명으로 들려서 견딜 수가 없습니다。

『어머니』는、패전 후 군대가 해산되어 고향으로 돌아온 철없는 젊은이와 왠지 차분한 분위기의 가미카제 소년 항공병이 등장하는 아기자기한 이야기입니다。아오모리 서쪽 해안에 있는 아지가사와 마을의 요릿집 수천각水天閣을 방문했을 때의 경험을 토대로 썼다고 합니다。

『비용의 아내』는 재능은 있지만 가정에 무책임한 시인 오타니(역시나 다자이 오사무 자신을 투영한 인물)와 그의 아내 사치(삿짱)가 그려내는 이야기입니다. 다소 암울한 패망 후 일본을 배경으로 내용도 가볍지 않지만 자신을 희화함으로써 슬프지만은 않게 표현하고 있습니다. 2009년 아사노 다다노부와 마쓰다카코 주연의 영화로도 만들어졌으니 비교해서 보는 것도 재미있을 겁니다.

　일단은 편집 후기니까、편집 이야기도 좀 하겠습니다.

　고민 끝에 세로쓰기를 버렸습니다. 이런 책은 세로쓰기로 천천히 읽으면 더 재미있을 거라고 나 혼자 조용히 외치며 그동안 책을 만들었습니다만、졌습니다. 이제 부디 가로로 재미있게 읽어주시길 바랍니다. 마침표 쉼표 따옴표 같은 문장부호는 동양적인 느낌이 나는 것으로 골랐습니다. 특히 쉼표는 진하고 크게 넣었는데、호흡이 길고 쉼표가 많은 다자이 문장의 특성상 그러는 편이 읽기 편하겠다 싶었습니다. 실제로 보기에도 괜찮은 것 같습니다. 그리고 다자이의 문체가 마치 독자한테 직접 말을 거는 듯한 그런 문체인데、책 전체가 중얼중얼 독백 같기도 하고 대화 같기도 하고 그렇습니다. 그래서 가끔 표준어 문어체가 아닌 비표준어 구어체로 된 문장이나 단어가 나올 겁니다. 예들 들면 「니가」 같은 거. 사전을 찾아보니 「네가」가 표준어니까 「네가」를 쓰는 게 바람직하다고 하는데、난 살면서(43년) 나한테 「네가」라고 하는 사람을 한 번도 본 적이 없고 누가 나보고 「네가、네가」 하면 되게 왠지 잘난 척하는 것 같고 재수 없을 거 같아서 그냥 「니가」라고 썼습니다. 교과서도 아니고 소설책 한 권을 사전에 나오는 품위 있는 표준어로만 채운다니、너무하다는 생각도 듭니다. 그리고 애초에 다자이 오사무 문체가 또 그렇게 품위가 있지도 않구요. 아、이것도 「않고요」라고 해야 되는데 그냥 「않구요」라고 씁니다. 또、본문에는 간간히 사진이 들어가는데、소설 내용과 관련된 사진이 아니라 다자이 오사무 사진입니다. 어차피 소설 속 주인공이 죄다 본인이기 때문에 전혀 관계가 없다고는 할 수 없겠지만、아무튼 이건 호불호가 갈릴 수 있을 것 같네요. 사실 소설에 사진이나 그림을 넣는 것은、특히 원본에 없는 그림을 임의로 넣는 것은、소설 편집자에게는 금기에 가깝습니다. 글로 묘사된 것을 독자의 상상력으로 이미지화시키는 과정이 소설의 재미이자 매력인데、그림이나 사진을 제시하면 그런 재미가 반감된다는 이유입니다. 하지만 내 생각을 말하자면、그건 참、거지 같은 발상 같습니다. 아니 귀찮아서 헛소리하는 것 같습니다. 때로는 상상하기 싫을 때도 있고、상상력도 가끔 쉬어야 합니다. 200페이지를 내리 상상하는 것도 쉬운 일은 아닙니다. 가끔 사진을 보면서 상상력도 좀 쉬게 해주자구요! 아니、에잇、사실을 말해버리자. 사진이

나 그림이 들어가면 왠지 고급져 보이는 것도 같고 책도 좀 더 잘 팔릴까 해서, 웬만하면 많이 넣으려고 합니다.

『이십 엔, 놓고 꺼져』가 나왔을 때, 편집 후기가 너무 장난스럽지 않냐, 그런 후기도 본 것 같습니다. 아뇨, 전혀 그렇지 않습니다. 멋있게 그럴 듯하게 뭔가 있어 보이게 쓸 수도 있고 그러는 편이 더 쉬울지도 모르겠습니다만, 그러면 왠지 무슨 말을 하는지 나도 모를 거짓말만 늘어놓아야 할 것 같습니다. 편집하는 동안 느낀 것들을 가감 없이 적었습니다. 길게 쓰려니까 자꾸 꾸며서 쓰려고 합니다. 그게 싫어서 이만 씁니다.

그럼.

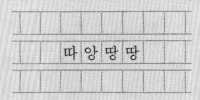

따앙땅땅

トカトントン

1947년 1월

《쪽발이들 항복! 몰락한 제국은 통곡!》

패전 후 일본은 허무주의에 시달렸는데, 다자이는 제국주의자는 아니었지만 역시 평범한 일본인이 었기 때문에 자국의 패망을 무덤덤하게 바라볼 수만은 없었던 것 같습니다.

안녕하십니까.

하나만 가르쳐주십시오. 난감합니다.

저는 올해로 스물여섯 살이 됩니다. 고향은、아오모리 시 데라마치[1]입니다. 아마 모르시겠지만、데라마치에 있는 「청화사」라는 절 옆에、「도모야」라는 작은 꽃집이 있었습니다. 저는 그 꽃집 둘째 아들로 태어났습니다. 아오모리에서 중학교를 마치고、그리고 요코하마에 있는 한 군수공장에 사무원으로 들어가、3년 일하고、군대에서 4년 보내고、무조건항복[2]과 동시에、고향 마을로 다시 돌아왔는데、이미 집은 불타버렸고、아버지와 형님、형수 셋이서、그 집터에 초라한 오두막을 짓고 살고 있었습니다. 어머니는、제가 중학교 4학년 때 돌아가셨습니다.

---

(1) 아오모리 시에 있는 지명. 절이 많은 지역에 흔히 붙이며 일본 전역에 분포한다.
(2) 1945년 8월 6일과 9일, 히로시마와 나가사키에 원자폭탄 공격을 받은 일본은 8월 14일 연합국에 항복을 통보하고, 다음 날인 15일 정오, 일왕이 라디오 방송으로 무조건항복을 선언한다.

아닌 게 아니라 제가、불이 난 자리에 지은 그 오두막으로 기어들어 가자니、아버지에게도 형님 부부에게도 못할 짓인지라 아버지、형님과 상의 끝에、여기 A[1]라고 하는 아오모리 시에서 20리쯤 떨어진 바닷가 마을 삼등우편국[2]에서 일을 하기로 했습니다。이 우편국은、돌아가신 어머니의 친정인데、큰외삼촌이 국장을 맡고 있습니다。여기에 근무한 지、이래저래 벌써 1년이 넘어가지만、하루하루 나 자신이 하찮은 존재가 되어 가는 느낌이 들어서、정말이지 난감합니다。

제가 선생님 소설을 읽기 시작한 것은、요코하마 군수공장에서 사무원으로 일하던 때였습니다。「문체文體」라는 잡지에 실린 선생님의 짧은 소설을 읽고、그 후로、선생님 작품을 찾아 읽는 버릇이 생겼는데、이것저것 읽던 중、선생님이 제 중학교 선배시고、또 선생님이 중학교 시절에 아오모리 시 데라마치의 도요타 씨[3] 댁에서 지내셨다는 사실을 알고、가슴이 미어졌습니다。포목점 도요타 씨라면、저희 집과 같은 동네였기 때문에、제가 잘 압니다。선대 다자에몬[4] 씨는、뚱뚱해서、다자에몬이라는 이름도 잘 어울렸지만、당대 다자에몬 씨는、마르고 또 멋쟁이라서、우자에몬[5] 씨라고 불러야 하나 싶었습

---

(1) 아오모리 시 동북쪽으로 약 10km 해안에 위치한 아사무시 지역으로 추정됨.
(2) 말단 지역의 소규모 우체국. 지역 지주나 유명인사가 토지와 건물을 무상으로 제공하고 정부가 우편 관련 사업을 위탁하는 형태로 운영되었다.
(3) 다자이 오사무의 먼 친척.
(4) (5) 다자에몬太左衛門의 太는 '클 태'. 우자에몬羽左衛門의 羽는 '깃털 우'에서.

니다. 하지만, 두 분 다 좋은 분 같습니다. 이번 공습으로 도 요타 씨 댁도 전소되고, 게다가 창고까지 불에 타 내려앉았다 고 하니, 안타깝습니다. 저는 선생님이, 도요타 씨 댁에 계셨 다는 사실을 알고, 꼭 당대 다자에몬 씨에게 소개장을 써달라 고 부탁해서, 선생님을 한번 찾아뵐까 생각도 했지만, 소심한 탓에, 그냥 그런 상상만 할 뿐, 실행할 용기는 없었습니다.

그러던 중에 저는 입대를 했고, 치바 현 해안 방어에 투입되 어, 전쟁이 끝날 때까지 그저 매일매일, 땅만 파고 있었는데, 그래도 가끔 한나절이라도 휴가가 생기면 읍내로 나가, 선생 님 작품을 찾아 읽었습니다. 그리고, 선생님께 편지를 드리고 싶어서, 펜을 잡은 것이 몇 번이었는지 모릅니다. 하지만, 안 녕하십니까, 하고 쓰고, 그리고, 뭐라고 써야 할지, 딱히 용건 도 없고, 게다가 선생님 입장에서는 제가 아주 생판 남이기도 할 테니, 펜을 든 채 혼자서 이러지도 저러지도 못할 뿐입니 다. 이윽고, 일본은 무조건항복이라는 것을 하게 되었고, 저 도 고향으로 돌아와, A에 있는 우편국에서 일하게 되었는데, 일전에 아오모리에 간 김에, 아오모리의 어느 책방을 기웃거 리다가, 선생님 작품을 발견하고, 그리고 선생님도 공습 때문 에 고향인 가나기마치[1]에 와 계시다는 사실을, 선생님 작품을 읽고 알게 되어, 다시금 가슴이 미어지는 기분이 들었습니다.

(1) 아오모리 고쇼가와라에 소재했던 지명으로 다자이 오사무의 생가가 있다. 현재는 가나기쵸.

그렇지만 저는, 선생님 고향집에 불쑥 찾아갈 용기는 없어서,
여러 모로 생각한 끝에, 어찌 됐든 편지를, 쓰기로 했던 것입
니다. 이번에는 저도, 안녕하십니까, 까지만 쓰고 갈팡질팡하
지는 않겠습니다. 왜냐하면, 이건 용건이 있는 편지니까요.
더군다나 다급한 용건입니다.

가르쳐주셨으면 하는 게 있습니다. 정말로, 난감합니다.
게다가 이 문제는, 저 혼자만의 문제가 아니라, 저 말고도 이
와 비슷한 생각으로 고민하는 사람들이 있을 것 같은 느낌이
들기에, 부디 저희를 위해 가르쳐주십시오. 요코하마 군수공
장에 있을 때도, 또 군대에 있을 때도, 선생님께 편지를 보내
야지 보내야지 계속 생각하다가, 이제 겨우 선생님께 드리는
편지가, 첫 편지가, 이렇게 별로 유쾌하지 못한 내용이 되리라
고는, 전혀, 생각도 못했습니다.

쇼와 20년(1945년) 8월 15일 정오에, 우리들은 부대 연병장
에 집합하여, 폐하의 육성 방송이라며, 거의 잡음으로 감추어
져 한 마디도 알아들을 수 없는 라디오를 듣게 되었는데, 방
송이 끝난 후, 젊은 중위가 성큼성큼 단상으로 뛰어오르더니,

『잘 들었나! 일본은 포츠담 선언[1]을 수락하여, 항복을 했
다. 하지만, 그것은 정치적인 일이다. 우리 군인은, 끝까지 항
전을 계속할 것이며, 최후의 순간에는 한 사람 남김없이 모두

---

(1) 1945년 7월 26일 독일 포츠담에서 연합국 정상들이 일본에게 무조건항복을 촉구한 최후통첩.

23

자결하여、폐하께 사죄드릴 것이다. 물론 나 역시 그럴 작정이니、모두들 각오하고 있도록. 알겠나! 좋아. 해산。』

그렇게 말하고、그 젊은 중위는 단상에서 내려와 안경을 벗고、걸어가면서 뚝뚝 눈물을 떨구었습니다. 엄숙함이란、그런 분위기를 말하는 걸까요. 저는 우뚝 선 채로、주위가 자욱하게 어두워지더니、어딘지 모를 곳에서、차가운 바람이 불어오고、그리고 제 몸이 땅속으로 꺼지는 것을 느꼈습니다.

죽자、생각했습니다. 죽는 게 당연하다、생각했습니다. 제 앞에 보이는 숲은 기분 나쁘도록 고요했고、칠흑처럼 어두웠고、그 위로 한 무리의 작은 새들이 한 줌 깨를 공중에 던진 듯、소리도 없이 날아올랐습니다.

아아、그때입니다. 등 뒤로 부대 건물 쪽에서、누구인지 쇠망치로 못을 박는 소리가、어렴풋이、따앙땅땅 하고 들려왔습니다. 그 소리를 듣는 순간、눈에서 비늘이 떨어진다는 게 그런 느낌을 말하는 걸까요、비장함도 엄숙함도 순식간에 사라지고、저는 씌었던 귀신이 떨어져 나간 사람처럼、눈만 멀뚱멀뚱、정말이지 너무나 공허한 심정으로、여름 한낮의 모래사장을 바라보고 있는、저는 어떠한 생각도、아무런 감정도 들지가 않았습니다.

그리고 저는、배낭에 잔뜩 물건을 쑤셔 넣고、맥없이 고향으로 돌아왔습니다.

그, 멀리서 들려오는 희미한, 쇠망치 소리가, 신기하리만치
말끔하게 저에게서 밀리터리즘의 환영을 떨쳐내 주었기에, 이
제 다시는, 그 비장하달까, 엄숙하달까, 그런 악몽에 취하는
일 따위는 절대로 없을 테지만, 하지만 그 희미한 소리가, 제
뇌 한가운데를 꿰뚫어버렸는지, 그날 이후로, 저는 정말이지
괴이한, 혐오스러운 정신병자가 된 것 같습니다。

그렇다고는 해도 절대, 흉포한 발작을 일으키거나 하지는
않습니다。 그 반대입니다。 무슨 일에 감격해서, 힘을 내려고
하면, 어디에선가, 희미하게, 따앙땅땅 하고 그 쇠망치 소리가
들려오는데, 그 순간 저는 멀뚱멀뚱, 눈앞의 풍경이 완전히 달
라져버리고, 마치 영사기가 뚝 하고 중간에 끊어진 후 그저 순
백의 스크린만이 남아, 그것을 물끄러미 바라보는 듯한, 이루
말할 수 없이 허탈한, 허무한 기분이 드는 것입니다。

처음에, 저는, 여기 우편국에 와서, 자 이제부터는, 뭐든지
마음대로 좋아하는 걸 할 수 있다, 우선 제일 먼저 소설이라
도 쓰고, 그리고 선생님께 보내서 한번 봐달라고 해야겠다 싶
은 마음에, 우편국 일을 하는 틈틈이, 군대 생활의 추억담을
쓰기 시작했는데, 온갖 노력을 기울여 백 장 가까이 쓰고, 드
디어 오늘내일이면 완성이구나 하던 어느 가을날 저녁, 우편
국 일도 끝나고, 목욕탕에 가서, 뜨거운 물에 몸을 덥히면서,
오늘밤 이제 마지막 장을 쓸 텐데, 「오네긴[1]」의 마지막 장처

럼、그런 식으로 화려한 슬픔으로 마무리할까、아니면 고골의
「싸움 이야기[2]」 같은 절망적인 파국으로 결말을 지을까、이런
저런 생각에 너무나 신이 난 나머지 두근거리는 가슴을 안고、
목욕탕의 높은 천장에 매달려 빛나는 알전구를 올려다본 그
순간、따앙땅땅、하고 멀리서 그 쇠망치 소리가 들려왔습
니다。동시에、쏴아 하고 파도가 밀려가고、저는 그저 침침한
욕조 구석에서、참방참방 물을 휘젓고 있는、벌거벗은 남자일
뿐이었습니다。

참으로 처량한 심정으로、탕 밖으로 기어나와、발바닥 때
를 밀면서、목욕탕에 있는 다른 손님들이 하는 배급 이야기
에 귀를 기울이고 있었습니다。푸시킨、고골、그게 무슨 외제
칫솔 이름인 양、전부 무미건조하게 느껴졌습니다。목욕탕을
나와、다리를 건너、집으로 돌아와 덤덤하게 밥을 먹고、그리
고 제 방으로 올라가、책상 위에 놓인 백 장 가까운 원고를 훌
훌 넘겨보는데、너무나 개떡 같아 어이가 없어、넌더리는 나는
데、찢어버릴 기력도 없어、다음 날부터 매일 코 푸는 휴지로
썼습니다。그날 이후、저는 오늘까지、그딴 소설 한 줄도 쓰지
않았습니다。큰외삼촌 댁에、얼마 되지는 않지만 책이 있어

---

(1) 러시아 작가 푸시킨이 쓴 5,500행의 운문 소설. 사교계에서 이름 높은 귀족 청년 오네긴은 순수
한 처녀 타티야나의 사랑을 물리치고 방랑길에 나선다. 훗날 그녀를 다시 만난 오네긴은 사랑을 고
백하지만, 이미 결혼한 타티야나는 그를 거절하고, 오네긴의 절규로 이야기는 끝이 난다.
(2) 러시아 작가 고골의 소설 〈이반 이바노비치와 이반 니키포로비치는 어떻게 싸우게 되었는가에
대한 이야기〉. 서로 반대되는 성향을 가진 두 이웃의 갈등을 그린 작품으로 터키 소총에 대한 소유
욕으로 시작된 언쟁 때문에 친한 친구이자 이웃인 두 이반은 결국 법정까지 가게 된다.

서、때때로 메이지 다이쇼[1] 시대의 걸작 소설집 같은 걸 빌려 읽고、감동도 했다가、안 했다가、매우 불성실한 태도로 눈보라 치는 밤에는 그냥 일찍 자기도 하고、전혀 「정신적」이지 않은 생활을 하다가、그러다가、세계 미술 전집을 보았는데、전에 그렇게 좋아하던 프랑스 인상파 그림에는、별다른 감흥을 느끼지 못하고、이번에는 일본 겐로쿠 시대의 오가타 고린[2]과 오가타 겐잔 두 사람의 작품에 눈길을 사로잡혔습니다。고린의 철쭉 그림은、세잔、모네、고갱、그 누구의 그림보다、뛰어나다는 생각이 들었습니다。그리하여 또다시、조금씩 저의 이른바 정신생활에도、숨이 되돌아오나 싶었지만、하지만 그렇다고 해서 제가 고린、겐잔 같은 거장이 되겠다는 얼토당토않은 야망을 품은 것은 아니고、그저 그냥、촌구석 딜레탕트[3]、그리고 내가 할 수 있는 것은 기껏해야、아침부터 저녁까지 우편국 창구에 앉아、남의 돈을 세는 일、고작 그 정도지만、나처럼 무능하고 무식한 인간에게는、그런 생활일지언정、그것이 꼭 타락한 삶은 아닐 것이다、겸손의 왕관이라는 것도、있을지 모른다、평범한 매일의 업무에 최선을 다하는 것이야말로 가장 고상한 정신생활일지도 모른다、뭐 그러면서 조금씩 제 하

(1) 메이지 시대(1868~1912). 다이쇼 시대(1912~1926). 겐로쿠 시대(1688~1704).
(2) 오가타 고린(1658~1716)은 에도 중기의 화가이며 장식성이 풍부한 화풍이 특징이다. 오가타 겐잔(1663~1743)은 그의 동생으로 도예가이자 화가이다.
(3) 예술이나 학문을 체계적인 지식이나 기술 없이 취미로 즐기는 사람. 또는 그런 사람을 얕잡아 이르는 말. 아마추어. 애호가.

루하루 삶에 프라이드를 가지기 시작하던、그 어느 날、마침 엔화 개혁[1]이 시행되어、이런 깡촌 삼등우편국도、아니、작은 우편국일수록 일손이 부족해서 오히려、눈코 뜰 새 없이 바빴는데、그 당시 이곳은 매일 아침 댓바람부터 예금 신고 접수라든가、구권 지폐에 증지를 붙이는 일을 하느라、지쳐 파김치가 되어도 쉴 수가 없었고、게다가 저는、큰외삼촌 댁에 얹혀사는 처지라 신세를 갚을 기회는 지금뿐이다 싶어、두 손에 마치 두꺼운 쇠장갑이라도 끼고 있는 듯 손에 감각이 느껴지지 않을 정도로 일을 했습니다。

그렇게 일하고、죽은 듯이 자고、그리고 이튿날 아침에 베갯머리의 자명종 시계가 울리자마자 일어나、곧장 우편국으로 가서 대청소를 시작합니다。청소 같은 건、여직원이 하게 되어 있었지만、그 엔화 개혁이라는 생난리가 시작된 이후로、제가 일을 하는 태도에도 이상하게 탄력이 붙고、이것저것 가릴 것 없이 닥치는 대로 일하고 싶어져서、어제보다는 오늘 더、오늘보다는 내일 더、라는 어마어마한 가속도로、거의 반 미친놈처럼 사자분신의 기세를 이어 가다가、드디어 엔화 개혁 소동도、오늘로 끝이구나 하던 그 어느 날、저는 평소처럼 새벽 어스름에 일어나 일심전력으로 우편국 청소를 마치고、말

---

(1) 패전 후 인플레이션을 막기 위해 1946년 2월 시행된 긴급금융조치. 구권 화폐를 모두 은행에 예금하도록 하여 유통을 막고 생활비와 사업비에 한해 신권으로 인출할 수 있게 하였다.

끔하게 뒷정리를 한 후 접수창구에 앉았는데、마침 아침 해가
제 얼굴을 정면으로 비추고、저는 수면부족의 눈을 가늘게 뜬
채、그래도 왠지 매우 뿌듯하고 만족스러운 기분으로、노동은
신성하다、뭐 그런 말을 떠올리며、휴우 하고 한숨을 뱉은 그
순간、따앙땅땅 하는 그 소리가 멀리서 희미하게 들려오는 듯
한 느낌、급기야、모든 것이 한순간에 시시해져서、저는 일어
나 제 방으로 가서、이불을 뒤집어쓰고 누워버렸습니다。점심
을 먹으라는 말에도、저는、몸 상태가 안 좋으니、오늘은 일어
나지 않을 거라고、무뚝뚝하게 대답하고、그날 우편국이 제일
바빴던 모양인데、가장 우수한 직원인 제가 자리에 눕는 바
람에 참으로 모두들 난처한 상황이었지만、저는 종일 쿨쿨 잠
만 잤습니다。큰외삼촌에게 진 신세를 갚는다는 게、이런 저
의 변덕 때문에、오히려 마이너스가 된 것도 같지만、이미、저
에게는 성심껏 일할 마음 따위는 조금도 없었고、다음 날은、
심하게 늦잠을 자고、그리고 멍하니 접수창구에 앉아、하품만
해대며、대부분의 일은、옆자리 여직원에게 미루었습니다。그
리고 다음 날도、그다음 날도、저는 대단히 무기력하고 느릿느
릿하고 무뚝뚝한、다시 말해 평범한、창구 직원이었습니다。

　『야 너、아직도 어디、몸이 안 좋은 거냐?』

　하고 큰외삼촌이 물어보아도 저는 엷게 웃으며、

　『안 좋은 데 없어요。신경쇠약인가?』

하고 대답했습니다.

『그래、그래。』큰외삼촌은 그럴 줄 알았다는 듯、『나도 그럴 거라 짐작은 했다。머리도 나쁜 놈이、어려운 책을 읽으니까 그리 되는 거야。너나 나나、머리 나쁜 놈은、복잡한 건 생각하지 말아야 해。』하며 웃기에、저도 억지로 웃었습니다.

큰외삼촌은 전문학교를 나왔습니다만、전혀 인텔리다운 면모가 없습니다.

그리고、(제 글에는 아주、「그리고」가 많을 겁니다。이것도 역시 머리 나쁜 놈이 쓴 글의 특징일까요。저도 많이 신경이 쓰이는데、하지만、무심결에 불쑥 나와 버리니、별수가 없습니다。) 그리고 그 후로、저는、사랑을 시작했습니다。웃지 마세요。아니、웃으셔도、어쩔 수 없습니다。어항 속 송사리가、어항 바닥에서 두 치쯤 되는 곳에、가만히 떠 있기만 해도、그래도 혼자서 알을 배듯、저도、흐리멍덩하게 살면서、어느덧、간신히、부끄러운 사랑을 시작했던 것입니다.

사랑을 하게 되니、음악이 온몸에 사무칩니다。그것이 사랑이라는 병의 가장 확실한 증상 같습니다.

짝사랑입니다。하지만 저는、그 여자가 너무너무 좋아서 견딜 수가 없습니다。그 사람은、이 바닷가 마을에 딱 하나밖에 없는 작은 여관의、종업원입니다。아직、스물이 안 된 것 같습니다。큰외삼촌은 술꾼이라서、뭔가 마을 잔치가、그 여관

연회장에서 열릴 때마다、꼭 거르지 않고 참석하는데、큰외삼
촌과 그 종업원은 서로 흉허물이 없는 사이처럼、그 사람이
저금이다 보험이다 하는 일로 우편국 창구 건너편에 나타나기
만 했다 하면、큰외삼촌은、웃기지도 않은 케케묵은 농담을 던
지며 그 사람을 놀립니다。

『요즘 너도 경기가 좋은가봐、아주 그냥 뭐 저금하느라 정
신이 없구만、장하다 장해。어디 괜찮은 영감님이라도、하나
들러붙었나?』

『재미없어。』

하고 말합니다。그리고、정말、재미없다는 표정입니다。반
다이크[1]의 그림에 나오는、귀공녀 말고、귀공자 얼굴과 닮았
습니다。이름은 도키다 하나에。저금통장에 그렇게 적혀 있
더군요。전에는、미야기 현[2]에 살았었는지、저금통장 주소란
에는、이전 미야기 현 주소도 적혀 있는데、거기에 빨간 선을
긋고、그 옆에 이곳의 새로운 주소가 기입되어 있습니다。우
편국 여직원들 사이에 도는 소문으로는、확실하진 않지만、미
야기 현에서 전쟁 피해를 입고、무조건항복 직전에、이 마을
에 불쑥 나타난 여자인데、그 여관 여주인의 먼 친척이라나、
그리고 몸가짐이 좋지 않은 것 같다고도 하고、아직 어린애 주

---

(1) 1599~1641. 17세기 플랑드르(프랑스 북부, 벨기에, 네덜란드 지역)를 대표하는 화가. 영국 왕실
초상화가 유명하다.
(2) 도쿄 동북부의 태평양과 접해 있는 현.

제에、꽤나 재주가 좋다나 뭐라나 하는데、피난 온 사람치고、
그 지역 사람들한테 좋은 소리 듣는 사람은、하나도 없습니다.
저는 그런、재주가 어쩌고 하는 말을 조금도 믿지 않았으나、
그러나、하나에 씨의 저금도 결코 적은 건 아니었습니다. 우편
국 직원이、다른 사람한테 이런 말을 하면 안 된다고 되어 있
지만、아무튼 하나에 씨는、큰외삼촌에게 놀림을 받으면서도、
일주일에 한 번 정도는 신권으로 2백 엔인가 3백 엔인가를 저
금하러 오고、총액도 부쩍부쩍 늘고 있습니다. 설마、괜찮은
영감님이 하나 들러붙어서 그렇다、고는 생각하지 않지만、저
는 하나에 씨 통장에 2백 엔 혹은 3백 엔짜리 입금 도장을 찍
을 때마다、왠지 가슴이 두근거리고 얼굴이 빨개집니다.

그리고 점점 저는 괴로워졌습니다. 하나에 씨는 결코 재주
같은 걸 부리지는 않겠지만、하지만、이 마을 사람들은 모두
하나에 씨를 노리고、돈 같은 걸 주면서、그러면서、하나에 씨
를 더럽히지는 않을까、분명 그럴 것이다、하고 섬뜩 놀라 한
밤중에 자다가 벌떡 일어난 적도 있습니다.

그렇지만 하나에 씨는、여전히 일주일에 한 번 꼴로、아무
렇지 않게 돈을 가지고 옵니다. 이제는 정말이지、가슴이 두
근거리고 얼굴이 빨개지다 못해、너무나 괴로워서 얼굴이 새
파래지고 이마에 진땀까지 배어 나오는 것 같은데、하나에 씨
가 새침하게 내미는 증지 붙은 지저분한 10엔짜리 구권 지폐

≪오가타 고린의 철쭉도≫

≪엔화 개혁 때 발행된 백 엔 신권(위)과 증지가 붙은 구권 지폐(아래)≫

신권이 부족해지자 꼭 필요한 돈이 아니면 예금을 찾을 수 없었고 구권에 증지를 붙여 임시로 유통
하기도 했습니다.

를 한 장 두 장 세다가、느닷없이 전부 찢어발기고 싶은 발작이 덮쳐온 게 몇 번이었는지 모릅니다。그리고 저는、하나에 씨에게 한마디 해주고 싶었습니다。그、이즈미 교카의 소설에 나오는 유명한 대사、『죽어도、다른 사람의 노리개가 되지는 마!(1)』하는、같잖기도 같잖고、더욱이 저처럼 세상 물정 모르는 촌뜨기는、도저히 입 밖에 내기 힘든 대사지만、그렇지만 남 보기엔 우습겠지만 제 딴에는 진지하게、그 한마디를 해주고 싶어 참을 수가 없었습니다。죽어도、다른 사람의 노리개가 되지는 마、물질이 무어냐、돈이 무어냐、하면서。

사랑을 주면 사랑을 받는다는 말은、역시 맞는 말일까요。5월、중순이 지난 무렵이었습니다。하나에 씨는、여느 때처럼、새침하게 우편국 창구 건너편에 나타나、부탁합니다、하고 말하며 돈과 통장을 저에게 내밉니다。저는 한숨을 내쉬며 그것을 받아 들고、서글픈 마음으로 더러운 지폐를 한 장 두 장 헤아립니다。그리고 통장에 금액을 기입하고、말없이 하나에 씨에게 돌려줍니다。

『다섯 시쯤、시간 되세요?』

저는、제 귀를 의심했습니다。봄바람에 홀린 게 아닐까 생각했습니다。그럴 정도로 조그맣게 재빠르게 속삭이는 말이었습니다。

---

(1) 일본 소설가 이즈미 교카(1873~1939)가 1910년 발표한 소설 〈노래 등불歌行燈〉에 나오는 대사.

34

『시간 괜찮으시면、다리로 나오세요。』

그렇게 말하고는、살짝 웃더니、곧 다시 새침해져서 하나에 씨는 가버렸습니다.

저는 시계를 보았습니다. 두 시 조금 지났습니다. 그 후로 다섯 시까지、한심한 얘기지만、제가 뭘 했는지、지금 도무지 기억이 나지를 않습니다. 보나마나 뭔가 심각한 얼굴로、허둥 지둥、뜬금없이 옆자리 여직원에게、오늘 날씨 좋네요、사실 날씨 흐린데、큰소리로 말하고、상대가 놀라면、눈을 부라리 며 노려보고、일어나서 화장실에 가고、뭐 거의 바보 되기 일 보 직전이었겠지요. 다섯 시 칠팔 분 전에 저는、집을 나섰습 니다. 도중에、두 손의 손톱이 긴 것을 깨닫고、그게 왠지、진 정 울고 싶을 만큼 신경이 쓰였던 것을、지금도 기억합니다.

다리 옆에、하나에 씨가 서 있었습니다. 치마가 너무 짧다 싶었습니다. 늘씬한 맨다리를 흘끔 쳐다보고、저는 눈을 내리 깔았습니다.

『바다 쪽으로 가요。』

하나에 씨는、차분하게 말했습니다.

하나에 씨가 앞서고、그리고 대여섯 걸음 떨어져서 제가、천 천히 바다 쪽으로 걸어갔습니다. 그리고、그 정도 떨어져서 걸었는데도、우리 두 사람의 발걸음이、어느새、딱 맞아버려 서、난처했습니다. 흐린 날씨에、바람이 조금 불어、바닷가에는 모래먼지가 일고 있었습니다.

『여기가、좋겠어요。』

바닷가에 올라와 있는 커다란 고깃배와 고깃배 사이로 하나에 씨는、들어가서、그리고、모래밭에 앉았습니다.

『이리로 오세요。앉으면 바람이 닿지 않아서、따뜻해요。』

저는 하나에 씨가 두 다리를 앞으로 내놓고 앉은 곳에서、2미터 정도 떨어져 앉았습니다.

『불러내서、미안해요。그치만、나、그쪽한데 한마디 해야 할 거 같아서요。내 저금、말인데요、이상하게 생각하고 있지요?』

저도、이때다 싶어、잠긴 목소리로 대답했습니다.

『이상하게、생각합니다。』

『그렇게 생각하는 게 당연해요。』하고 말하고 하나에 씨는、고개를 숙인 채、모래를 집어다가 맨다리에 뿌리며、『그건요、내 돈이 아녜요。내 돈이었으면、저금 같은 거 하지도 않을 거예요。꼬박꼬박 저금이라니、귀찮게。』

그런가 하고 생각하면서、저는 잠자코 고개를 끄덕끄덕했습니다.

『안 그래요? 그 통장은요、주인아주머니 거예요。근데、이건 절대 비밀이에요。아무한테도 말하면 안 돼요。주인아주머니가、왜 그런 일을 하는 건지、저는、대충 알지만、그치만、그건 아주 복잡한 일이라서、말하고 싶지 않아요。괴롭다구요、저도。믿어주실래요?』

살짝 웃는 하나에 씨의 눈이 이상하게 반짝인다 싶었는데、그것은 눈물이었습니다。

저는 하나에 씨에게 키스하고 싶어서、견딜 수가 없었습니다。하나에 씨와 함께라면、어떤 고생을 해도 괜찮다고 생각했습니다。

『여기 사람들은、전부 못됐어요。그쪽이、날 오해하지는 않을까 해서、그쪽한테 한마디 하고 싶어서、그래서 오늘、큰맘 먹은 거예요。』

그때、정말로 근처 오두막집에서、따앙땅땅 하고 못질하는 소리가 들려왔습니다。그때 들린 소리는、제 환청이 아니었습니다。바닷가 사사키 씨네 집 헛간에서、정말로、시끄럽게 못을 박기 시작한 것입니다。따앙땅땅、따앙땅땅 세차게도 박습니다。저는、몸을 부르르 떨며 일어났습니다。

『알았어요。아무한테도 말 안 할게요。』하나에 씨 바로 뒤에、개똥이 무더기로 있는 것을 그때 발견하고、어지간하면 하나에 씨한테 조심하라고 말해줄까 했습니다。

물결은、나른한 듯 넘실대고、때묻은 돛을 단 배가、바닷가 근처를 기우뚱기우뚱하며、지나갑니다。

『그럼、난 갈게요。』

뭐가 뭔지 종잡을 수가 없었습니다。저금이야 아무러면 어

떠나、내 알 바 아니지。애초부터 남남인데。남의 노리개가
되든、말든、전혀 그건 나와 관계없는 일이다。어이가 없네。
아、배고파。

그 후로도 하나에 씨는 변함없이、일주일마다 열흘마다、돈
을 가지고 와서 저금을 하고、이제는 액수가 몇 천 엔인가가
되었습니다만、저는 요만큼도 관심이 없습니다。하나에 씨 말
마따나、그게 주인아주머니 돈이든、아니면、제 예상대로 하
나에 씨 돈이든、누구 돈이든、그건 전혀 저하고는 관계가 없
는 일이니까요。

그리고、대체 이게、어느 쪽이 차인 건가 생각해보니、제 생
각에는、아무래도、차인 건 제 쪽이지 않나 싶은데、하지만 실
연을 당했어도 별로 슬픈 기분도 들지 않고、꽤나 이상한 실연
같습니다。그리고 저는、다시 멍청한 보통 직원이 되었습니다。

6월에 접어들고、저는 볼일이 있어서 아오모리에 갔는데、
우연히、노동자들이 데모하는 것을 보았습니다。그때까지 저
는 사회운동이나 정치운동 같은 것에는、그다지 흥미가 없다、
라기보다는、절망 비슷한 감정을 느끼고 있었습니다。누가 해
도、마찬가지라고。또 저는、무슨 운동에 참가해봤자、어차피
결국엔 그 지도자들의、멈출 수 없는 명예욕과 권세욕의、희
생양이 될 뿐이다、아무런 의심할 바도 없이 당당하게 소신을
밝히고、내 말에 따르면 반드시 너 자신과 너희 가정、너희 마

38

을, 너희 나라, 아니 온 세상이 구원을 받으리라, 허세를 부리고, 구원받지 못하는 건 너희들이 내 말에 따르지 않아서라고 큰소리치고, 창녀에게, 퇴짜 맞고 또 퇴짜 맞고 주구장창 퇴짜만 맞다가, 약이 올라서 매춘 금지를 부르짖고, 분한 마음에 잘생긴 동료를 때리고, 난리를 피우고, 귀찮게 굴다가, 어쩌다 우연히 훈장을 받고, 사기충천해서 집으로 달려가, 여보 이것 봐, 하며 의기양양, 훈장이 든 작은 상자를 살짝 열어 마누라한테 보여주고, 마누라가 쌀쌀맞게, 애개, 훈5등[1]이잖아, 못해도 훈2등 정도는 돼야지, 하는 소리에, 낙담하는 남편, 뭐 이렇게 반쯤 정신 나간 놈들이나, 그 정치운동입네 사회운동입네 하는 데 몰두하는 법이라고 굳게 믿었던 것입니다. 그렇기 때문에, 올해 4월 총선거 때도, 민주주의니 뭐니 하면서 시끄럽게 떠들어댔지만, 저는 그 사람들을 신용할 마음이 조금도 들지 않았는데, 자유당, 진보당은 여전히 고리타분한 사람들만 있는 것 같아 말할 것도 없고, 또 사회당, 공산당은, 기세가 잔뜩 올라 나대고 있지만, 이는 역시 패전에 편승했다고나 할까요, 무조건항복이라는 시체에 들끓는 구더기 같은 불결한 인상을 지울 수 없어서, 4월 10일 투표일에도 저에게, 큰외삼촌은 자유당 가토 씨를 찍으라고 말했지만, 예예 하고 대답하고 집을 나와 바닷가를 쏘다니다가, 그대로 집으로 돌아왔습

---

(1) 일본의 서훈 등급으로 공적에 따라 1등부터 8등까지 수여했다.

니다。 사회문제나 정치문제에 대해서 아무리 떠들어봤댔자、
우리네 하루하루 삶 속의 우울함은 해소되지 않을 거라고 생
각했지만、그러나、저는 그날、아오모리에서 우연히、노동자들
의 데모를 보고、지금까지의 제 생각이 전부 틀렸다는 것을 깨
달았습니다。

생기발랄、하다고 해야 할까요。어쩜、이리 즐거운 듯이 행
진할까요。우울한 그늘도 비굴한 주름도、저는 찾아볼 수 없
었습니다。더해가는 활력뿐입니다。젊은 여자들도、손에 깃
발을 들고 노동가를 부르는데、저는 가슴이 뿌듯해서、눈물이
났습니다。아아、일본이 전쟁에 져서、다행이다、하고 생각했
습니다。난생 처음、자유라는 것의 진정한 모습을 보았다、그
런 생각이 듭니다。만약 이것이、정치운동이나 사회운동에서
태어난 자식이라고 한다면、정치사상、사회사상이야말로 인간
이 제일 먼저 배워야 하는 것이라고 생각했습니다。

행진을 계속 바라보고 있는 사이에、드디어 제가 걸어가야
할 한 줄기 빛나는 길을 또렷이 보게 된 것 같은 거대한 환희
의 감정이 밀려와、눈물이 기분 좋게 볼을 타고 흐르고、그리
고 물속에서 눈을 떴을 때처럼、주위의 풍경이 뿌옇게 흐려지
고、그리고 그 흐릿한 흔들림 속에서、진홍의 깃발이 불타오르
는 모습을、아아 그 색채를、저는 훌쩍훌쩍 울면서、죽어도 잊
지 않으리라 생각하는 그 순간에、따앙땅땅 하는 소리가 멀리

서 희미하게 들려오고、딱 거기까지였습니다。

　도대체、그 소리는 뭘까요。「니힐」같은 말로 간단히 정의
할 수도 없습니다。그 따앙땅땅 하는 환청은、니힐조차 박살
냅니다。

　여름이 되고、이 지방 청년들 사이에서、갑자기 스포츠 붐
이 일어났습니다。저에게는 다소、노인네 같은 실리주의적 성
향이 있는 걸까요、아무 의미도 없이 벌거벗고 씨름을 하다가、
자빠져서 크게 다치질 않나、이를 악물고 뛰어서、아무개보
다 아무개가 더 빠르다나 뭐라나、어차피 백 미터 20초들끼리
도토리 키 재기인데、한심하다、하는 생각이 들어서、청년들
이 하는 그런 스포츠에 참가해야겠다고 생각한 적은 한 번도
없었습니다。그런데、올해 8월에、이 지역 해안을 따라 늘어
선 각 마을을 이어 달리는 역전경주라는 것을 했는데、이 마
을 청년들도 여럿 참가했고、제가 있는 **A**의 우편국이、그 경주
의 중계소로 정해져、아오모리를 출발한 선수가、여기에서 다
음 선수와 교대를 한다고 하고、오전 열 시 조금 지나서、슬슬
아오모리를 출발한 선수들이 여기 도착할 때가 되었다고 해
서、우편국 사람들은 모두、밖으로 구경을 나가고、저와 큰외
삼촌만 우편국 안에 남아 간이보험 정리를 하고 있었는데、잠
시 후、왔다、왔어、하고 떠드는 소리가 들리기에、제가 일어
나 창문을 내다보았더니、그것이 분명 라스트 스퍼트라는 거

겠지요, 양손 손가락을 개구리 발처럼 벌리고 공기를 헤집고 나가는 듯 기묘한 방식으로 팔을 휘저으면서, 그리고 알몸에 팬티 한 장, 물론 맨발, 넓은 가슴을 앞으로 내밀고, 괴롭다는 표정으로 고개를 뒤로 젖힌 채 좌우로 흔들면서, 비틀비틀 뛰어서 우편국 앞까지 와서는, 으윽, 하고 외마디 신음을 쥐어짜고 쓰러지자, 『잘했어! 수고했어!』하고 옆에 있던 사람이 외치며, 그 청년을 안아 올려, 제가 내다보고 있는 창문 아래로 데려와서, 준비해둔 들통의 물을, 촤악 하고 그 선수에게 끼얹는데, 선수는 거의 다 죽어가는 위험한 상태인 것 같기도 하고, 얼굴이 새파랗게 질려 축 늘어져 누워 있는, 그 모습을 바라보는 저를, 정말이지 낯선 감격이 엄습해 온 것입니다.

가련하다, 라고 스물여섯인 제가 말하는 것도 건방진 듯하고, 기특하다, 라고 하면 될지, 아무튼, 힘 낭비도 이 지경까지 되면, 대단하다, 그렇게 생각했습니다. 이 사람들이, 1등을 하든 2등을 하든, 세상 사람들은 그 사실에 별로 관심을 가지지 않겠지만, 그래도 목숨 걸고, 라스트 스퍼트 같은 걸 합니다. 딱히, 이 역전경주로 이른바 문화국가를 이룩하겠다는 이상을 품은 것도 아닐 테고, 또, 아무런 이상도 없지만, 그렇지만, 남들 이목 때문에, 그런 이상을 부르짖으며 달림으로써 세상 사람들에게 칭송을 받으려고 하는 그런 것도 아닐 테고, 또 앞으로 위대한 마라토너가 되려는 야심도 없을 테고、어차피 시골 뜀박질 경기에서、기록이고 뭐고 중요하지 않다는 사실은、잘 알고 있을 텐데、집에 돌아가서도、가족들에게 무용담 따위 떠벌릴 생각도 없고、오히려 아버지에게 혼나지는 않을까 걱정이 되지만、그래도、달리고 싶은 겁니다。목숨 걸고、하고 싶은 겁니다。누구에게 칭찬받지 못해도 괜찮습니다。그저、달리고 싶은 겁니다。보상을 바라지 않는 행위입니다。어린아이의 위험한 나무타기에는、차라리 감을 따 먹으려는 욕망이라도 있지만、목숨을 건 이 마라톤에는、그나마도 없습니다。거의 허무한 정열이라고 생각했습니다。그것이、그 당시 저의 공허한 마음과 딱 맞아떨어졌습니다。

저는 우편국 직원들을 상대로 캐치볼을 시작했습니다。기진맥진할 때까지 계속하니、뭔가 탈피와 비슷한 상쾌함이 느껴지고、그래 이거야 하는 순간에、역시나 그 따앙땅땅 소리가 들려옵니다。그 따앙땅땅 소리는、허무한 정열조차 박살을 내버립니다。

뭐、요즘에는、그 따앙땅땅 소리가、더욱더 빈번하게 들려와서、신문을 펼치고、신헌법을 조목조목 읽다가도、따앙땅땅、우편국 인사이동에 대해서 큰외삼촌이 의견을 묻는데、좋은 생각이 문득 머리에 떠오르다가도、따앙땅땅、선생님 소설을 읽다가도、따앙땅땅、일전에 이 마을에 불이 났을 때 화재 현장으로 달려가다가도、따앙땅땅、큰외삼촌과 마주앉아、저녁을 먹으며 반주를 하는데、한잔 더 마실까 하다가도、따앙땅 땅、정말 내가 미쳐버린 게 아닐까 생각하다가도、역시 따앙땅 땅、자살할까 하다가도、따앙땅땅。

『인생이란、한마디로、무엇일까요?』

하고 저는 어젯밤、큰외삼촌과 저녁 술상을 사이에 놓고、 농담조로 물어보았습니다。

『인생은、몰라。하지만、세상은、색色과 욕慾이지。』

뜻밖의 명답 같습니다。그리고、문득 저는、암거래상이 될 까 생각했습니다。그러나、암거래상이 되어 만 엔을 벌었을 때의 일을 상상하니、곧바로 따앙땅땅 소리가 들려왔습니다。

가르쳐주십시오。이 소리는、무엇인지。그리고、이 소리로 부터 벗어나려면、어떻게 해야 하는지。저는 지금、정말、이 소리 때문에 옴짝달싹 못 하겠습니다。꼭、답장 주십시오。

그리고 마지막으로 한마디 덧붙이자면、이 편지를 절반도 쓰기 전부터、이미、따앙땅땅 소리가、계속 들리고 있습니다。 이런 편지를 쓰는、허무함。그래도、참고 아무튼、여기까지 썼 습니다。그리고、너무나 허무해서、에라 모르겠다、하는 심정 으로、거짓말만 쓴 것 같습니다。하나에 씨라는 여자도 없고、 데모도 본 적 없습니다。다른 이야기들도、대부분 거짓말 같 습니다。

하지만、따앙땅땅 소리만은、거짓말이 아닌 것 같습니다。

다시 읽어보지 않고、이대로 그냥 보냅니다. 이만 총총.

　이 기이한 편지를 받은 어떤 작가는、부끄럽게도 배운 것 없고 사상도 없는 사람이지만、다음과 같이 답을 해주었다.

　답장 드립니다. 시건방진 고놈군요. 나는、별로 동정심이 들지 않아요. 열 손가락이 가리키는 바、열 눈이 지켜보는 바、어떠한 변명도 성립되지 않는 추한 꼴을 당하는 것을、당신은 아직 회피하고 있는 것 같습니다. 진정한 사상이란、지혜보다 용기를 필요로 하는 법이지요. 마태복음 10장 28절、『몸은 죽여도 영혼은 능히 죽이지 못하는 자들을 두려워하지 말고 오직 몸과 영혼을 능히 지옥에 멸하실 수 있는 이를 두려워하라.』이 경우「두려워하다」는、「경외하다」라는 의미에 가까운 것 같습니다. 예수님의 이 말씀에、벽력을 느낄 수 있다면、당신의 환청은 멈출 것입니다. 그럼 이만.

-(끝)-

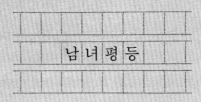

男女同権

1946년 12월

≪첫 번째 아내 오야마 하쓰요와 함께≫

아오모리의 기생 오야마 하쓰요와 각별한 사이였던 다자이 오사무는 그녀가 지역 유지의 첩이 된다는 소식을 듣고 도쿄로 데려와 동거를 시작합니다. 둘의 관계를 반대하던 맏형은 그를 호적에서 제적하고 모든 경제적 지원을 끊어버립니다. 간간히 작품을 발표했지만 무절제한 성격에 생활은 금세 궁핍해지고 술과 약물에 중독된 다자이는 끝내 정신병원에 입원하는데, 그 사이에 하쓰요는 다자이의 먼 친척이자 미술학도 고다테 젠시로와 불륜을 저지르고 훗날 이 사실이 발각되어 둘은 헤어지고 말았습니다.

이것은 약 10년 전에 단신으로 낙향하여、어느 벽촌에 눌러 살고 있는 나이 든 시인이、이른바 일본 르네상스기[1]에 이르러 크게 각광을 받고、그 지역 교육회에 초빙되어、남녀평등이라는 주제로 진행했던 이상한 강연의 속기록이다。

—더 이상은、이제、저 같은 늙은이들이 나설 자리가 아니라고 체념하고、오랫동안 집에만 틀어박혀 심히 옹색하게、구차하게 지내왔습니다만、이제、어떠한 무기도 지녀서는 안 돼、맨손으로 때려서도 안 돼、오로지 우아하게 아름답게 예의바르게 이 세상을 살아가야 돼、뭐 그런 참으로 훌륭한 시대적 흐름을 맞이하야、뭐 그러기 위해서는 우선 시와 노래를 융성케 하고、이로써 황폐해질 대로 황폐해진 인심을 풍아의 길로 이끌도록 힘써야 한다、뭐 그렇게 생각하신 분도 계신 듯하여、

---

(1) 전쟁 중에 통제되었던 예술 활동이 일본의 패전 후 폭발적으로 증가한 시기.

덕분에 저처럼 거의 세상에서 잊혀진、버려진 늙다리 글쟁이
도 다시금 기묘한 봄날과 해후하게 되었으니、아아、진짜、점
잖은 척하려니 근질거려서 견딜 수가 없구만요、내 나이 열일
곱 때부터 삼십 수 년 동안을、그냥 뭐、도쿄 여기저기를 어슬
렁거리다가、그러다가 나도 모르는 사이에 늙고 지쳐서、지금
으로부터 딱 10년 전에、여기 시골 동생 집으로 기어들어 왔
는데、도대체가 구제 불능 노인네라고 이 지역 분들이 전부 혀
를 내두르며、비웃고、아니、절대 그게 불만이라는 건 아닙니
다、실제로 나는 구제 불능 노인네가 맞으니、혀를 내두르며
비웃는 게、당연하다 그런 말을 하려고 하는 건데 아무튼、이
런 놈이、아무리 시대적 흐름이라고는 해도、뻔뻔스럽게 사람
들 앞에 나와서、더구나 교육회! 이 세상에서 가장 숭고하고
동시에 엄숙해야 할 모임에 얼굴을 들이밀고 강연을 한다니、
그건 정말 나한테는 거의 뭐 잔인하다、가혹하다、라고 할 만
한 일이지만、일전에 여기 교육회 대표님께서、우리 집에 오시
어、뭔가 문화에 관한 의견을 들려달라고 하셨는데、그 말씀
을 듣고 있자니、나의 늙은 오체는 와들와들 떨리고、아니、정
말입니다、드디어 사랑을 고백받은 아가씨처럼 얼굴이 새빨갛
게 불타오르는 뭐 그런 느낌、뭔가 심상치 않은 악행이라도 모
의하고 있는 듯한 뭐 그런 기분이 들었던 것입니다。하지만、
대표님의 허심탄회한 말씀을 들어보니、이번 교육회에는、그

유명한 사회사상가 고지카 고로 님께서、、피난하고 계신 **A** 시[1]

에서 왕림하시어、、무언가 새로운 사상에 대해 강연을 하신다、

뭐 그럴 예정이었는데、、그러나、、불행하게도、、고지카 님께서 아

무튼 약속을 하셨음에도 불구、갑자기 거절하는 전보를 보내

셨다、、아니 뭐、、사람이 그 정도로 유명해지면、、여러 가지 또

사정이라는 게 생기지 않습니까? 꼭 고지카 님의 변덕이라고

해석할 수만은 없는 일이고、세상사라는 게、뭐 다 그렇지요、

어느 시대든、머리 좋고 훌륭하신 분한테는、사정이라는 게 많

은 법이니까요、우리들은、그저 꾹 참고 넘어갈 수밖에 없지요、

뭐 그런데、고지카 님께서는 거절을 하셨지만、오늘 교육회는

이미 예정이 되어 있고、이제 와서 취소할 수도 없는 노릇이

고、그런데 이 대목에서 누군가、나의 존재를 떠올리고、그 노

인네도 옛날에는 시인지 뭔지를 썼다고 하더라、흔히 말하는

문화인 나부랭이라더라、그 양반이라도 불러다 세워서 일단

때워야 되지 않겠느냐、뭐、아니、내 말은 절대 불만이라는 게

아닙니다、정말로 나는、용케도 이 사람을 떠올려주셨다、영

광이다 뭐 그렇게 생각할 정도인데、하지만、그렇다손 치더라

도、이것은 범죄다、아니、범죄 같은 극단적인 말은 쓰지 않더

라도、나 같은 놈이、이 신성한 교육회의 여러분 앞에서 강연

을 한다? 이건、뭐 암만해도、눈 가리고 아웅 아닌가 하고、저

---

(1) 아오모리 시로 추정됨.

는 어젯밤에도 잠 못 이루고 고민을 했습니다. 애초에 그때、
내가 한사코 거절했더라면、아무 일도 없었을 것을、나는 그
유명한 고지카 님 같은 분하고는 달리、하루하루 내 한 몸 건
사하기도 힘에 겹게 살고 있는 형편을、대표님께서 간파하셨
기에、새삼스레 이러니저러니、사정이 있는 척해도、그것도 또
웃기는 일일 테고、나 같은 놈이라도、얼굴을 내밀고 뭔가 문
화에 대해서 한바탕 떠들어대면、그걸로 그냥저냥 동서남북
사방팔방 모든 일이 원만하게 해결이 되니 아무쪼록 부탁한
다、뭐 그렇게 말씀을 하시니、나로서도、이 노구가 조금이라
도 도움이 된다면、고맙고、황송하다、그런 생각으로、이거 뭐
정말이지 사기를 친다는 생각도 들긴 하지만、채신머리없이 떠
맡긴 했는데、지금 비틀비틀 이 연단에 오르면서、아아、역시、
뭐가 됐든지 거절했어야 하는 건데、하고 후회를 되새길 따름
입니다.

그런데 내가、현재 구제 불능 노인네인 거야 말할 것도 없지
만、그렇다면、젊었을 때、하다못해 아주 짧은 시간 동안만이
라도、구제 가능한 시절이 있지 않았겠느냐 그렇게 물으신다
면、그게 또 모조리 구제 불능이었던 것입니다. 제가 도쿄에
머물던 어느 아주 짧은 시기 동안、이래 봬도 조금은、뭐、얼
마 안 되는 사람들 사이에서、화젯거리가 된 적도 있었다、뭐
그렇게 말 못할 것도 없다. 그렇게 생각합니다만、그러나、그

화젯거리가 된 방식이、내가 얼마나 구제 불능인가、아마 일본
에서 열 손가락 안에 들 정도로 구제 불능이 아닐까、뭐 그런
쪽으로 화젯거리가 되었던 것이고、그 무렵、나의 대표작이라
불리던 시집 제목은、「나、너무 어리석어 사기꾼이 외려 돈을
주네」였으니、그것만 봐도、문학계에서 내 명성이라는 것은、
그것은 존경의 대상이 아니라、비난과 비웃음의 대상이었으
며、또한 극히 소수의 정 많은 사람들에게 받는、위로、격려、
그로 인해 간신히 숨만 붙어 있는 성질의 명성이었다는 것을
알 수 있을 것입니다。말이 좀 이상합니다만、쉽게 말하면 그
무렵 나의 존재 가치는、그 구제 불능인 면에 있었으므로、만
약 내가 구제 가능이었다면、나의 존재 가치가 모두、완전히、
사라진다는、정말 내가 생각해도 어처구니가 없어서 말이 안
나오는 그런 위치에 내가 서 있었다는 것입니다。하지만、나
도 조금 나이를 먹게 되니、그러한 평범치 않은 위치가、한 사
람의 남자로서 얼마나 부끄럽고、파렴치한 것인지를 깨닫고 더
이상 견딜 수가 없어서、「지난해의 도덕、지금 어디에」라는 제
목의、조금은、그럴듯해 보이는 시집을 출판했는데、이 한 방
으로 저는 완전히 구제 불능이 되었습니다。구제 불능 그 아
래 구제 불능이라는、말하자면 「절대적」 구제 불능이 되어、저
는 시단에서 설 자리를 잃고、또、그때까지 말로 표현 못 할
궁핍한 생활과의 악전고투에도 지칠 대로 지쳐、끝내 가을바

람과 함께 단신으로 낙향한다는 꼴사나운 운명에 처했던 것입니다.

다시 말해 나라는 늙은이는、어디 하나 잘난 구석이 없어서、이게 바로 나의 진면목이다、뭐 이렇게 정색하고 떠벌일만한 입장은 결코 아닙니다만、그런 놈이、이 지방 교육회의 높으신 분들 앞에서、대체 무슨 강연을 해야 한단 말입니까? 잔혹함이란、바로 이런 것입니다。

무릇 민주주의란、—허허、이거 참、너무 당돌해서、내가 말하고 내가 놀라는 꼴이라니、어이가 없어 웃음밖에 안 나옵니다만、사실 저는、전혀 배운 게 없어서、아는 게 아무것도 없습니다。하지만、민주라 함은、백성 민民 자에 주인 주主 자를 쓰는、그런 주의、사상、미국、세계、뭐、대충 그런 거라고 나는 이해하고 있습니다。그래서 뭐、일본도 점점 이 민주주의라는 뭐 그런 게 진행되고 있다고 하니、경사스러운 일이라고 생각합니다만、이 민주주의 덕분에、남녀평등! 이거、이거야말로、내가 제일 관심을 가지고、또한 오래도록 애타게 기다려온 것이며、이제 지금부터는 나도 남들 신경 쓰지 않고、남자에게 있는 권리가 여자에게도 있다 이렇게 주장할 수 있는 건가 생각하니、실로 밤이 가고 새벽이 오는 것 같은 기분이 들어서、저절로 솟아나는 미소를 금할 길 없습니다。정말이지、 나는 지금까지 여자라는 존재 때문에、 갖은 고생을 했습니다。 내가 오늘날、 이런 구제 불능 늙은이가 되어버린 것도、 모두 그、 여자 때문이 아닌가 하는 그런 생각까지、 남몰래 하고 있습니다。

어렸을 때부터、 나는 이 여자라는 존재에게、 시달리고、 마음 아픈 일을 당해왔습니다。 우리 어머니는、 아니 계모도 아니고、 진짜로 낳아준 친어머니인데、 어찌된 일인지 남동생만 귀여워하고、 장남인 나한테는 이상하게 남처럼 쌀쌀맞게、 심술궂게 대하는 겁니다。 이미 우리 어머니도、 오래 전에 저세상 길을 떠나고、 고인에게 이러쿵저러쿵 아쉬운 소리를 늘어놓자니 나도、 아주 마음이 서글프지만、 잊혀지지도 않습니다、 내가 열 살 때쯤、 지금 함께 살고 있는 동생이 다섯 살이었나、 내가 남의 집에서 강아지를 한 마리 얻어 와서는 좀 거들먹거리며 어머니와 동생에게 보여주었는데、 동생이 그걸 가지고 싶다고 우는 겁니다。 그러자 어머니는、 동생을 달래며、 저 개새끼는 형 밥으로 키울 거란다、 라고 묘한 말을 진지한 표정으로 합니다。 형 밥이라니、 무슨 뜻일까요、 내가 먹을 밥을 먹지 않고 그 강아지한테 먹여서 키워야 한다는 뜻이었을까요、 아니면、 우리 식구들이 먹는 밥은、 전부 장남인 내 것이니까、 차남 따위는 강아지를 키울 자격이 없다는 뜻이었을까요、 나는

지금도、확실히는 모르겠습니다、아무튼 그런 말을 듣고、나
는 어린 마음이지만 너무나 기분이 나빠서、억지로 그 강아지
를 동생한테 안겨주었는데 어머니는、돌려줘라、돌려줘、이건
밥 축내는 버러지야、하고 동생에게 말하더군요。그래서 나도、
풀이 죽어서、그 강아지를 동생한테서 빼앗아 집 뒤편 쓰레기
터에 버렸습니다。그때가 겨울이었지요、우리 가족은 밥을 먹
고 있었고、강아지가 밖에서 낑낑대는 소리가 들려서、나는
밥도 목구멍으로 넘어가지 않는 그런 심정으로 애만 태우고
있었는데、이윽고 아버지는 개 낑낑대는 소리가 귀에 거슬렸
는지、무슨 소리냐고 어머니에게 물었습니다。그때、어머니가
아무렇지도 않게 대답했습니다。큰애가 강아지를 주워 왔는
데、금방 싫증이 났는지、버렸나봐요、워낙 싫증을 잘 내는 녀
석이라、그렇게 말하잖습니까? 나는 어이가 없어서 어머니 얼
굴을 빤히 쳐다보았습니다。아버지는 저를 혼내고는、어머니
에게 그 강아지를 집 안으로 데리고 오라고 했습니다。어머니
는、강아지를 안고 들어오면서、어유 추웠지、고생했지、불쌍
해라 불쌍해라、이렇게 말하더니、큰애한테 주면 또 버릴 게
뻔하니까、이건 작은애 장난감으로 줄게요、하고 웃으면서 아
버지에게 승낙을 받았고、그리하여 그 강아지는、냉혹한 나 때
문에 죽을 뻔했으나 정 많은 어머니 덕분에 겨우 목숨을 건지
고、그리고 그 후로는 마음씨 고운 동생의 하인이 되었다、그

런 것입니다.

그뿐만 아니라、이 친어머니라는 사람이 나한테 이상야릇한 심술을 부렸던 기억은 셀 수도 없이 많은데、왜 어머니가 나를 그렇게 괴롭혔는지、거야 물론、내가 이렇게 못생긴 얼굴로 태어나서、어렸을 때부터 귀염성이라곤 없는 아이라서 그랬을지도 모르지만、하지만 그렇다고 해도、그 심술이라는 게、정도를 한참 벗어나、뭐가 뭔지、어디서부터 진담이고 어디서부터 심술인지、전혀 알 수가 없는 그런 성질을 띠고 있어서、역시 그건 여자들 특유의 만취 상태、뭐 그렇게 생각하는 것 말고는 달리 방도가 없을 것 같습니다.

내가 태어난 집은、아시는 분도 계시겠지만、여기서 30리^{15km} 떨어진 산기슭 외진 마을에 있고、예나 지금이나 마찬가지로、뭐 말하자면 소지주인데、동생은 나하고는 달리 착실한 녀석이라、자기 땅에 직접 농사도 짓고 있고、이번 농지 조정인가 뭔가 하는 법령의 그물망도、빠져나갈 만큼 보잘것없는 집안이지만、하지만、그래도、그 동네에서는、약간 상류 집안은 되었던 듯싶은데、내가 어렸을 땐、하녀도 있었고 머슴도 있었습니다. 그리고、내가 한 열 살 때쯤이었나、어떤 하녀 하나가 있었습니다. 그게 아마、열、일고여덟 됐나、볼이 빨갛고 눈이 부리부리하고 깡마른 아이였지요. 그런데 고것이 주인집 장남인 나에게、참으로 망측한 짓을 가르쳐주었고、그다음에、내가 먼저 다가가니까、아주 딴사람처럼 화딱지를 내면서 나를 냅다 밀치더니、넌 입에서 썩은 내가 나서 안 되겠어! 하고 소리를 지릅니다。그날의 수치스러움이란、수십 년이 지난 오늘 다시 떠올려도、꽥! 하고 악을 쓰며 발버둥을 치고 싶을 정도입니다。

그리고 또、아마 비슷한 무렵이었던 것 같은데、마을에 있는 소학교、라고는 해도、학생 사오십에 선생님이 둘、게다가 선생님이라고 해봐야、갓 스물이 넘었을 젊은 선생님、그리고 그 사모님 이렇게 두 사람이었지요、나는 어린 마음에도 그 사모님이 참 예쁘다고 생각했는데、아니、어쩌면 마을 사람들이 그렇다고 하니까、나도 어느새 그렇게 생각하게 된 건지도 모르지만、아무튼 간에、어린애였으니까、예쁘다고 생각한들、별로、그게 고민이네 뭐네 그런 심각한 건 아니고、뭐 그냥、막연하게 조금 좋아했다 그 정도였겠지요。정말로、나는、그날 일이、지금도 또렷하게 기억나는데、태풍이 사납게 휘몰아치던 날、아이들은 그 예쁜 사모님한테 붓글씨를 배우고 있었고、사모님이 내 옆을 지나가는 순간、어떻게 된 건지 그만、제 벼룻집[1]이 엎어져서、사모님 소맷자락에 먹물이 튀었고、그래서 사모님은 나한테、방과 후에 남으라고 말했습니다。그래도 나는、사모님을 어렴풋이나마 좋아했기에、남으라는 말을 듣고、

---

(1) 벼루, 먹, 붓, 연적 따위를 넣어 두는 납작한 상자.

오히려 기뻤으면 기뻤지、별로 무섭다거나 하는 생각은 들지 않았습니다. 다른 학생들은 모두、빗속을 뚫고 집으로 돌아가고、교실에는、나와 사모님 둘만 남게 되었는데、그러자、사모님은 갑자기 다른 사람이 된 것처럼 신이 나서 떠들기 시작합니다、오늘은 남편이 옆 마을에 일을 보러 가서 여태 돌아오지도 않고、비도 오고 할일도 없고 심심해서、같이 놀고 싶어서、그래서 남으라고 한 거예요、나쁘게 생각하지는 마셔요、도련님、숨바꼭질이라도 할래요? 이렇게 말하는 겁니다. 도련님、이라는 소리를 듣고 나는、역시 우리 집이 이 마을에서 부자에다 고상한 축에 들고、내 행동거지에도 어딘가 고상한 매력이 있으니까 그래서 이렇게 특별히 예뻐하는 건가、하는 참으로 아이답지 않은 천박하기 짝이 없는 교만한 마음이 들어、정말이지 당연히 도련님이라고 불러야 하는 아이처럼、일부러 맥없이 몸을 웅크려、수줍은 척하면서、가위바위보를 했는데、사모님이 져서、내가 먼저 숨게 되었고、바로 그때、학교 현관 쪽에서 무슨 소리가 났는데、사모님은 귀를 쫑긋 세우더니、잠깐 갔다 올게요、도련님은、그 사이에 적당한 데 숨어 있어요、하고 해쭉 웃으며 말하고는、현관으로 잔달음질을 쳤고、나는、곧바로 교실 구석에 있는 책상 밑으로 기어들어 가、숨을 죽이고 사모님이 찾으러 오기를 기다리고 있었습니다. 조금 있다가、사모님은、남편과 함께 돌아왔습니다. 걔는、애가

느물느물한 게、왠지 기분이 나빠요、당신이 한번 크게 혼을 내주세요、하고 사모님이 말하자、남편은、그래、어디에 있는데? 하고 물었고、사모님이 덤덤하게、저기 어디 있겠지요、하고 대답하니、남편은、성큼성큼 제가 숨어 있는 책상 쪽으로 걸어와서는、야、야、그런 데서 뭐하는 거야、바보 새끼、하고 말하는데、아아、나는 책상 밑에서 납죽 웅크린 채、너무너무 부끄러워서 차마 나가지도 못하고、그 사모님이 야속해서 눈물을 뚝뚝 흘렸습니다。

다、내가 못난 탓이겠지요。하지만、그렇다고 해도、여자의 그 무자비함은、대체 어디에서 나오는 걸까요。그 이후 내 신세에 대해 말하자면、언제나 이 여자들이 난데없이 발휘하는 강력한 잔인성 때문에 내 마음은、언제나 갈기갈기 찢어졌습니다。

아버지가 돌아가신 후、우리 집안에는 그다지 좋지 않은 일만 일어났고、나는 집안일 일체를 어머니와 동생에게 맡기겠다고 선언하고서、열일곱 되던 해 봄에 도쿄로 올라가、간다[1]에 있는 어느 인쇄소의 직원이 되었습니다。인쇄소라고는 해도、공장에는 일하는 사람이 사장에 기술자 둘 그리고 나 이렇게 네 명뿐인 구멍가게 같은 인쇄소라서、전단지라든가 명

---

(1) 도쿄 치요다 구 북동부 지역. 도쿄 역 북부 및 아키하바라 일대. 서점과 인쇄소가 즐비했다.

함이라든가 그런 걸 의뢰받아 찍었는데、마침 그 무렵은、러일

전쟁[1] 직후라서、도쿄에도 전차가 다니기 시작하는가 하면、

하이칼라한 서양 건축물이 우후죽순처럼 들어서는 등、무척
세련된

경기가 좋은 시절이었기에、그 작은 인쇄소도 상당히 바빴습

니다。그러나、아무리 바빠도、일이 고되다는 생각은 들지 않

았지만、그 인쇄소 사모님 그리고、고향이 치바 현[2]이라나 뭐

라나 하는 시커멓게 생긴 서른 언저리의 부엌데기、이 배배 꼬

인 두 인간의 행짜에는、몇 번을 울었는지 모릅니다。자기들

이 하는 짓이、얼마나 나한테 심한 짓인지、전혀 모르는 것 같

아서、정말이지 그냥、무섭다는 말밖에는 안 나오더군요。안

에 있으면、사모님과 그 부엌데기한테 시달리고、가끔 쉬는 날

밖으로 놀러 나가도、밖에는 또、만만치 않게 심술궂은 다른

종류의 귀신들이 있었습니다。그날은、내가 도쿄에 올라와서

1년 정도 되었나、확실히는 모르지만 추적추적 비가 내리던

장마철로 기억하는데、분수에 맞지 않게、인쇄소의 젊은 기술

자랑 둘이서 우산을 쓰고 요시와라[3]에 놀러 갔다가、야 이거

정말、된통 당했습니다。원래 요시와라 여자라고 하면、여자

들 중에서도 제일 비참하고 불행하고、그래서 세상 동정과 연

민을 한 몸에 받았을 테지만、실제로 가서 겪어보니、오히려

(1) 1904년 2월에 발발하여 1905년 9월까지 계속된 전쟁으로 러시아 제국과 일본 제국이 한반도의
주도권을 놓고 벌인 무력 충돌. 일본의 승리로 막을 내렸다.
(2) 도쿄 동쪽에 인접한 현. 나리타 국제공항이 있다.
(3) 에도 막부 때 조성된 유흥가로 허가 받은 매춘 업소가 밀집해 있었다. 아사쿠사 북쪽 일대.

꽤나 위세도 있고、거의 다 뭐 귀부인처럼 버릇없이 구는 바람
에、나는 야단이라도 맞는 건 아닐까 그날 밤은 살얼음을 밟
듯 언행을 삼가고、차분한 마음으로 염불을 외고 있었는데、
살아 있다는 느낌도 안 들더군요。염불 덕인지 뭔지、그날 밤
은 딱히 크게 욕먹는 일 없이、여자와 잠을 자고 아침을 맞이
했는데、여자가 차 한 잔 마시고 가라、그렇게 말합니다。기생
중에서도、그 여자는 조금 위치가 높은 축이었는지도 모르지
요、언뜻 위엄마저 있었습니다。그리고 시중드는 할머니한테
시켜서、같이 온 기술자와 그 상대 여자도 우리 방으로 불렀
고、조용히 차를 끓이더니、방 한구석에 있는 찻장에서、접시
에 수북이 담은 야채 튀김을 꺼내 우리에게 권했습니다。같이
온 기술자는、어이 젊은 나리、하고 나를 부르더니、여주인이
손수 만든 요리 한번 먹어 보세나、자네、의외로 인기가 있어、
바람둥이 자식、하고 말합니다。그 말이 나도 싫지는 않았기
에、우후후 하고 웃으며 우쭐해져서는、고구마 튀김을 볼이 미
어져라 입에 넣었는데、내 상대 여자가、너、농사꾼 자식이구
나、하고 쌀쌀맞게 말합니다。흠칫 놀라、허둥지둥 야채 튀김
을 씹어 삼키고、그래、하며 고개를 끄덕이니、고년이、같이
온 기술자의 상대 여자 쪽을 보고 작은 소리로、가정교육을
못 받은 놈들은、뭘 먹여 보면 확실히 알 수 있다니까、쩝쩝쩝
소리를 내면서 먹거든、하고 전혀 무표정하게、날씨 이야기라

도 하는 것처럼 무신경하게 말하는 겁니다. 그날의 어색함이
란. 같이 온 기술자가、젊은 나리니 바람둥이니 하는 말까지
했는데 민망해서、참、어찌해야 할지、속으로는 울었지만 겉으
로는 웃으면서 간신히 얼버무리다가、돌아왔는데、오는 길에
게다[1] 끈이 끊어져、빗속을 맨발로、바지 자락을 걷어 올리고
말없이 걸어 걸어 올 적에、그 참혹한 심정이란. 지금 생각해
도 치가 떨립니다. 여자들 중에서、가장 힘들고、비참한 삶을
산다고 하는 그 기생들조차、나에게는、그야말로 무시무시한、
천둥신 그 자체였습니다.

　그런 식으로 여자들한테 호되게 한 방 먹은 경험은、에휴、
나한테는 수도 없이 많지만、그중에서、지금까지도 잊혀지지
않는 치욕스러운 추억만 말씀드린다 해도、그것만 해도、너끈
히 한 달 연속으로 강연을 해야 할 만큼、그 정도로 엄청나게
많으니、오늘은、그 잊을 수 없는 추억 중에서도、서너 개만 더
들려드리기로 하고、그걸로 일단、마무리를 지을까 합니다.
　그 간다에 있는 작은 인쇄소에서、사모님과 시커먼 치바 현
출신 부엌데기 년한테 괴롭힘을 당하면서도、그래도 나는 5년
동안 일했습니다. 그러던 중에、이게 뭐、나한테 행인지、불행
인지、난 지금도 의문스럽긴 한데、이렇게 구제 불능인 놈이지

---

[1] 일본 사람들이 신는 나막신.

만、시단의 한구석에 나설 기회가 생겼던 것입니다。참으로、 사람의 일생이란、불가사의하다、이렇게밖에 표현할 수 없겠네 요。그 무렵、일본에서는 문학열이 한창 뜨거웠는데、그건 뭐 도저히、요즘 그 문화부흥인지 뭔지 하는 상갓집 밤샘처럼 심 각한 분위기의 그런 것하고는 비교도 안 될 만큼、참으로 맹렬 하고 하이칼라하고、실로 천마天馬가 하늘에서 날뛰듯 과감하 고 저돌적이었지요, 특히 외국 시를 번역한 것처럼、무턱대고 줄을 바꿔 쓰는 시가 대유행을 했는데、내가 일하는 인쇄소에 도、그런 시를 쓰는 사람들이 모임 잡지를 인쇄해달라고 의뢰 하러 왔고、「새벽녘」이라는 제목이었는데、스무 페이지 될까 말까 한 팸플릿이라서、맡아서 인쇄를 하기로 했고、나는 밤 낮으로 그 원고를 읽으며 활자를 고르다가、차츰 문학열에 심 취하여、책방에 가서 당시 유명한 작가의 시집 같은 것도 사 서 읽다가、점점 자신감 같은 것이 생겨서、「돼지 등에 까마귀 가 올라타서」라는 제목으로、내가 시골 논밭에서 실제로 목격 한 진풍경을、아까 말한 것처럼 무턱대고 줄을 바꿔 써보았는 데、그걸 발발 떨면서、「새벽녘」의 시인 중 하나에게 보여주었 더니、재미있다、뭐 일이 그렇게 되어서、그 「새벽녘」 지면에 게재되는 뜻밖의 영광을 얻고、기분이 좋아져서、또 그다음으 로는、「사과를 서리하러 갔을 때」라는 제목으로、역시나 시골 에서 살 때 내 모험 실패담을 꽤 길게、그전처럼 들입다 줄을 바꿔가며 썼더니、역시나 「새벽녘」에 게재되었고、그게 참、히 트를 쳤다고나 할까요, 신문 같은 데서도、그걸 진지하게 다루 고、왜들 그러는지 참 나도 모르는 어려운 말로 그럴싸하게 논 평을 해서、어이가 없었습니다。졸지에 시인 친구들도 많이 생기고、시인이란 것들이、그냥 뭐 술을 진탕 마시고、그리고 땅바닥에 누워 자거나 하면、순수하대나 뭐래나 하면서 추켜 세워 주잖습니까、그래서 나도 빼지 않고 진탕 술을 퍼마시고 하여간에 땅바닥에 누워서 잤는데、동료들에게 칭찬도 받고、 그렇게 하다가 돈이 궁해져서 전당포에 밥 먹듯이 들락거리 자、인쇄소 사모님과、그 치바 현 부엌데기 년의 공격의 불길 은 거의 극도에 달해、끝내 나도 막아내지 못하고、결국 인쇄 소에서 도망치고 말았습니다。역시 나는、시라는 마물 때문 에、일생을 그르쳤는지도 모릅니다。하지만、그때、인쇄소 사 모님과 치바 현이、조금만 더 나한테 상냥하게、그리고 자상 하게 타일러주었다면、나는 시 삼매경을 깨끗이 단념하고、성 실한 인쇄공으로 돌아와 지금쯤 제법 큰 인쇄소 주인이 되어 있지는 않을까 하는、늙은이의 푸념이겠지만、자꾸만 그런 생 각이 들어 견딜 수가 없습니다。나처럼 구제 불능인 놈이、시 같은 걸 써서、그 미덥지 못한 붓 한 자루만을 의지하여 도쿄 의 현명한 문인들 사이에 끼어서 살아간다니、죽었다 깨어나 도 도저히 될 성싶지가 않습니다。그 인쇄소에서 도망친 이후

내 삶이란、말로는 못 할 꼬락서니、지금 생각해도、마치 지옥
의 주마등을 멍하니 바라보는 것 같은 기분이 들어서、미치지
않고 굶어 죽지 않고、용케도 이렇게 살아남았구나 하고、나
스스로도 감탄의 마음을 금할 길 없습니다. 신문배달도 했습
니다. 넝마주이도 했습니다. 날품팔이도 했습니다. 포장마
차도 했습니다. 밀크홀[1] 같은 것도 했습니다. 망측한 사진이
며 그림을 팔러 돌아다니기도 했습니다. 엉터리 신문사 기자
가 되었다가、폭력단 잔심부름꾼이 되었다가、아무튼 구제 불
능인 놈이 할 만한 일은 전부 했다고 해도 결코 과언이 아닐
것입니다. 그리고、그 구제 불능인 놈은、제풀에 점점 더 심
한 구제 불능이 될 뿐이었고、결국 홀로 누더기를 걸치고 고향
으로 내려와、지금은 동생네 집 식객 신세가 되어 있으니、어
디 하나 잘난 구석이라고는 없는 인생이라、이제 와서 누구를、
탓할 자격조차 없지만、하지만、그래도、아아、그때 그 여자들
이、그렇게 나한테 못되게 굴지만 않았더라면、나도 조금이라
도 프라이드와 힘을 얻어、구제 불능인 부분은 구제 불능인
대로 그럭저럭 번듯한 남자가 되어 있지는 않을까、하고 이 늙
은이는 잠을 설치며、어린 시절부터 여자들에게 수없이 겪었
던 비참한 수난을 되새겨보지만、역시나、가슴을 쥐어뜯고 싶

---

(1) 일본인의 왜소한 체격을 개선하기 위해 정부가 우유 섭취를 권장하자 생겨난 유제품 판매점. 우
유 외에도 빵과 케이크 등을 취급했다.

은 기분에 사로잡힐 뿐입니다。

내가 도쿄에 있을 때、마누라 셋이 도망을 쳤습니다。첫 번째 마누라도 지독한 여자였지만、두 번째 마누라는、더 악질이 었고、세 번째 마누라는、도망가기는커녕、반대로 내가 도망쳤 습니다。

실없는 얘기 같지만、내가 이래 봬도、결혼할 때 내 쪽에서 먼저 적극적으로 행동을 개시한 적은 한 번도 없고、전부 여자 쪽에서 나한테 덤벼드는 식이었는데、아니、그렇다고 이 이야 기가 내 연애 무용담은 절대 아닙니다。여자에게는、의지박약 구제 불능인 남자를 거의 직관적으로 식별하여、그것을 구실 삼아、실컷 그 남자를 괴롭히다가、재미가 없어지면 헌신짝처 럼 버리고 뒤도 안 돌아보는、그런 경향이 있으니、나는 말하 자면 뭐냐 그、절호의 사냥감이었다、그런 얘기지요。

첫 번째 마누라는、이 여자는 뭐 그 당시 문학소녀라고 해 야 하나、안경을 끼고 머리가 나쁜 여자였는데、이게 또 아침 부터 밤중까지、주구장창 나한테、사랑이 부족해、더 사랑해 줘、하면서 울고불고하는 바람에、나도 정말이지 난처해서、그 만 떨떠름한 표정을 지었더니、다짜고짜 이년이 쇠 찢어지는 소리를 지르는데、아아、저 무서운 얼굴! 악마다! 색마다! 내 순결 돌려줘! 정조 유린! 손해배상! 뭐 이따위 진짜 기분 잡치

는 소리만 지껄여대니、그 무렵에는 나도 목숨을 걸고 공부해
서 멋진 시를 쓰고 싶다는 염원이 있었는데、말하자면 청운의
꿈을 아련하나마 가슴에 품고 있었는데、설령 반 미친년이 내
뱉은 헛소리라 할지언정、악마 색마 정조 유린 그런 불명예스
럽기 짝이 없는 말을 누가 듣기라도 해서、그게 세상에 소문
이라도 나면、뭐 그걸로 내 미래는 엉망진창 와장창이 되는 거
아닌가 하는 그런 생각이 들어서、정말 웃을 일이 아니라、그
땐 아직 나도 젊었기에、너무나 우울해서、이년을 죽이고 나
도 죽을까、몇 번을 생각했는지 모릅니다. 결국 이 여자는、나
랑 같이 산 지 3년 만에、나를 버리고 도망갔습니다. 요상한
편지 같은 걸 남기고 갔는데、그게 또 이루 말할 수 없이 불
쾌! 당신은 유대인이었군요、이제 처음 알았습니다、벌레에 비
유하자면、불개미입니다、이렇게 쓰여 있는 겁니다. 뭔 소린
지、도통 난센스 같은데、하지만、느낌상으로 소름이 돋을 만
큼 꺼림칙한、마치 지옥 마귀할멈의 저주 같은、참으로 기분이
야릇해지는 말이라、그렇게 머리 나쁜 여자가、이렇게 불쾌하
기 이를 데 없고 소름 돋는 말을 생각해 내뱉을 수 있다니、실
로 여자라는 존재는、바닥을 알 수 없는 무시무시한 면이 있구
나、아주 그냥 뭐 절실히 느꼈습니다.

　하지만 그건、뭐、문학소녀가、문학적으로 욕을 한 것이고、
두 번째 마누라의 현실적인 악랄함에 비하자면、그나마 참을

만하다、그렇게 말해야 될지도 모르겠습니다。이 두 번째 마
누라는、내가 혼고[1]에 작은 밀크홀을 열었을 때、종업원으로
고용했던 여자인데、밀크홀이 망해서 문을 닫았는데도 그대
로 우리 집에 눌러앉아버린、이년은 도대체 돈을 탐하기가、흡
사 굶주린 늑대라、내 시 공부 따위는 전혀 인정해주지도 않
고、또 내 시인 친구 한 사람 한 사람한테 퍼붓는 욕설은 맹렬
하기가 이를 데 없고、거기다 또 흔히 말하는 악바리 같은 면
이 있어서、내 시의 평판 따위는 어찌 되든 상관이 없는지、그
냥 뭐 내가 돈을 못 번다고 욕을 해대면서、자기만큼 불행한
사람은 없을 거라고 한탄을 하는데、가끔 잡지사 사람이 우리
집에 시를 의뢰하러 오면、나를 제쳐두고 자기가 나서서、요즘
물가가 비싸다、남편은 굼뜨고 머리도 나쁘고 뺀질거려서 전
혀 믿음이 안 간다、시 같은 걸로는 도저히 먹고살 수가 없으
니、남편은 이제부터 철도 공사판에서 일을 할 거다、못된 시
인 나부랭이들이 들러붙어서 남편은 이대로 가다간、놈팡이
가 될 게 뻔하다 등등、웃음기 하나 없이 헝클어진 머리를 연
신 쓸어 넘기고 또 쓸어 넘기며、마치 그 잡지사 사람이 원수
라도 된다는 듯、너무나 독살스럽게 기염을 토하는데、일부러
나한테 시를 의뢰하러 와준 사람들도、질색팔색을 하고、보나

---

[1] 과거 도쿄 북부에 존재했던 혼고 구로 현재 분쿄 구 남동부(우에노 공원 서쪽 지역과 도쿄 대학
일대)에 해당한다.

마나 나와 마누라 둘 다 경멸스러웠겠지요, 부랴부랴 퇴각해 버립니다. 그리고, 마누라는, 그 사람이 돌아가고 나면, 나한 테 덤벼들며, 바로 저런 사람이 중요한 손님인데, 당신은 붙임 성이 없어서 바로 놓쳐버린다, 나한테만 기대지 말고, 당신도 남자라면 남자답게, 더 힘을 내서, 교제를 잘 해야 된다, 하고 전혀 엉뚱한 사람한테 화풀이를 하는 겁니다.

나는 그 당시, 어느 엉터리 신문사에서 광고를 따 오는 일 같은 것도 했는데, 무더위 속에 땀투성이가 되어, 온 도쿄 바 닥을 뛰어다녔고, 가는 곳마다 거지나 다름없는 취급을 받았 지만, 그래도 웃으며 굽실굽실 백만 번 머리를 조아려가면서, 겨우겨우 1엔짜리 지폐를 열 장 가까이 모을 수 있었고, 기세 등등 집으로 돌아왔건만, 잊혀지지도 않습니다, 늦더위가 기 승을 부리던 즈음 저녁, 마누라는 툇마루에서 웃통을 까고 두 어깨를 전부 내놓은 채 머리를 감고 있었는데, 내가, 이봐 오늘은 큰돈을 가지고 왔어, 하고 말하며, 그 지폐를 보여주 는데도, 여편네는 웃지도 않고, 아 1엔짜리면 볼 것도 없수, 하 고 말하더니, 다시 머리를 계속 감습니다. 내가 세상 매정한 기분이 들어서, 그럼 이 돈 필요 없는 건가, 하고 말하니, 아 이년이 조용히 자기 무릎맡을 턱으로 쓱 가리키면서, 요기다 두슈, 하고 말하는 겁니다. 시킨 대로 내가 거기에 돈을 놓은 순간, 휙 하고 저녁 바람이 불어와, 그 지폐를 마당으로 날려

버리고、1엔짜리든 뭐든、나한테는 죽을 고생을 해서 모은 큰 돈입니다、나도 모르게 그만、아악 하고 소리를 지르며 마당으로 뛰어 내려가 지폐 뒤를 쫓아다니던、그때의、비참한 심정이란、어디에도 비할 바가 없습니다。마누라는、신슈[1]에 유일한 피붙이인 남동생이 있다고 하는데、내가 벌어 오는 돈은 대부분 그 동생에게 우편환[2]으로 보냈습니다。그래서、내 얼굴만 봤다 하면、돈、돈、돈 했던 것입니다。나는 이 여자에게 돈을 주기 위해서、강도、살인、아주 그냥 뭐든지、해줄까 하는 그런 마음까지 들었던 적이 있습니다。금전에 관계된 죄를 저지른 사람 주변에는、반드시 이런 성격을 가진 여자가 들러붙어 있을 거라고 생각했습니다。

그런데 신기하게도、이 여편네는 그렇게도 내 시인 친구들을 싸잡아서 비난하고、특히나 그중에서 제일 어렸던 아사쿠사 오페라[3]에 환장한 시인、이라고는 해도 아직 시집 하나 낸 적 없는 소년에 불과했지만、아무튼 그 녀석에 대한 조롱과 악담은、뭐 제일 지독하게 해대더니、아이구야、얼마 안 가 그 애새끼하고 배가 맞아、나를 버리고 도망을 갔습니다。진정 여자는、기괴한 짓을 하는 존재입니다。정말로、진짜로、그 심리를 이해하기 힘들 따름입니다。

≪1948년 미타카의 서점에서≫

하지만、그것도、그 다음 세 번째 마누라에 비하자면、그나마 괜찮은 편이라고 하지 않을 수가 없습니다. 이건 뭐 처음부터、나를 머슴 부리듯 부려먹을 목적으로 나한테 접근한 것입니다. 그 무렵에는 나도、제풀에 지쳐 차츰 구제 불능이 되었고、시를 쓸 기력도 쇠하여、핫쵸보리[1] 골목길에 작은 오뎅 포장마차를 내놓고、주인 없는 개처럼 거기서 먹고 자고 하면서 지냈습니다만、그 골목 더 안쪽에、예순 넘은 할망구와 그 딸이라는 마흔 가까운 아줌마가、군고구마 포장마차를 하면서、밤에 잘 때는 근처 싸구려 여인숙에 가서 자고、나와 매한가지로、무일푼 비렁뱅이처럼 살고 있었는데、그 사람들이 나를 눈여겨보다가、이것저것 쓸데없이 거들어 주더니、결국 나를 그 싸구려 여인숙으로 억지로 끌어들여、뭐 그게 악연의 시작이었지요、포장마차 두 개를 붙여서 말하자면 뭐 점포 확장을 하게 되었고、나는 포장마차 수리며、가게 물건 떼 오는 일로、매일 파김치가 될 때까지 일하고、할망구랑 딸년은 손님을 상대하고、궂은일은 모두 나한테 억지로 떠넘기면서、돈은 또 둘이서 틀어쥐고 놓지를 않고、점점 갈수록 나를 노골적으로 머슴 취급을 하고、밤에 여인숙에서 내가 딸년한데 좀 가까이 갈까 싶으면、할망구와 딸년은、쉭、쉭、하고 마치 고양이라도 쫓아내듯 기분 나쁜 소리를 내며 나를 쫓아버립니다. 나

---

(1) 도쿄 긴자 북동쪽 일대에 소재한 서민적인 유흥가.

중에야 알게 되었지만, 이 두 여편네는, 진짜 부모자식 사이도 아닌 것 같고, 뭐가 뭔지, 둘 다 길거리에서 몸을 파는 지경까지 떨어진 적도 있는 것 같은데, 아무튼 너무 성질이 고약하다 보니 사람들이 다들 질려버렸는지 외면을 해서, 이제는 더 이상 아무도 상대를 해주지 않게 된 것 같았습니다. 나는 이 마흔 다 된 딸년한테, 몹쓸 병까지 옮아, 남모를 고생을 했지만, 할망구는 오히려 그 잘못을 나한테 뒤집어씌우질 않나, 딸년은 뭔가 짜증나는 일이 있으면, 곧바로 허리가 아프네 어쩌네 하고 드러눕질 않나, 그리고 할망구와 딸년은, 별 거지 같은 놈하고 얽혀서, 이렇게, 돌이킬 수 없는 몸이 되어버렸다고, 입을 모아 나를 욕하면서도, 마구잡이로 일을 시키고 부려먹더군요. 가게는 내 노력 덕분에, 라고 감히 나는 말하고 싶습니다, 조금씩 번창하여, 포장마차를 두 개 이어 붙이는 정도로는 감당을 할 수가 없게 되어, 뭐 이것도 할망구와 딸년이 생각해낸 일인데, 신토미쵸[1] 대로변에 작은 집을 빌려, 「오뎅, 간단한 요리」라고 쓴 등을 내걸었습니다만, 이게 또, 그 집으로 이사하고 나서, 나는 완전한 머슴 신세가 되었습니다. 나는 할망구를 사모님이라 부르고, 마누라를, 누님, 이라고 부르도록 강요를 받았고, 할망구와 마누라는 2층에서 자고, 나는 부엌에 돗자리를 펴고 자게 되었던 것입니다.

---

[1] 도쿄 긴자 동쪽에 소재한 유흥가로 핫쵸보리보다 번화했다.

잊혀지지도 않습니다、가을이 한창이던、달이 너무나 아름
다운 밤이었는데、내가 열두 시 지나서 가게 문을 닫고、그리
고 부랴부랴 쓰키지[1]에 있는 친하게 지내던 요릿집에 가서 목
욕탕을 빌려 쓰고、돌아오는 길에、포장마차에서 메밀국수를
먹고、집에 와서 부엌 쪽문을 열려고 하는데、벌써 안에서 빗
장을 질렀는지、열리지가 않았습니다。그래서 나는 큰길로 나
와서、2층을 올려다보며、사모님、누님、사모님、누님、하고 작
은 소리로 불러보았습니다만、이미 잠이 들어버렸나、2층은
깜깜하고、그리고 아무런 대답도 없습니다。방금 목욕을 하고
나온 몸에 가을바람이 스며들고、너무나 울화통이 터져서、쓰
레기통을 발판 삼아 지붕으로 올라가、2층 덧창을 살살 두드
리며、사모님、누님、하고 다시 나지막하게 불렀더니、느닷없
이 안에서 마누라가、도둑이야! 하고 큰소리를 지르고、이어
서 또、도둑이야! 도둑! 도둑 잡아라! 하고 계속 아우성을 치
는 바람에、나는 이게 아닌데 하고 당황해서、아니、나야、나、
하고 말했지만 들으려 하지도 않고、도둑이야! 도둑이야! 도
둑이야! 하고 연달아 외치더니、급기야、쨍쨍쨍쨍 하는 정말이
지 굉음이 안쪽에서 들려오는데、그건 할망구가 세숫대야를
두드리는 소리라는 걸 나중에야 알았지요、하여간 나는 등골
이 오싹해질 만큼 공포가 엄습하여、지붕에서 뛰어내려 도망

---

[1] 도쿄 긴자 남쪽 일대로 외국인 거주지、해군 시설、어시장 등이 혼재했던 번화가.

치려 하는 그 순간、두 여편네가 떠는 야단법석에 놀라 달려
온 순경한테 붙잡혀、두어 대 얻어맞았고、그러고 나서、순경
은 내 얼굴을 찬찬히 달빛에 비추어 보더니、뭐야、너였어? 하
고 말했습니다。바로 근처 파출소 순경인데、나하고는 물론
잘 아는 사이입니다。내가 대충 사정을 설명하니、순경은、아
니、이거 너무한데、하고 말하며 웃어버렸지만、하지만、2층에
서는、아직도、도둑이야! 도둑이야! 하고 소리를 지르고、세숫
대야를 계속 두드리고 있어서、가까이 사는 사람들도 모두、일
어나 밖으로 뛰어나오는 통에、소란은 점점 커져만 갔기에、순
경은 매서운 소리로、2층에 있는 여편네들에게、가게 문 열어!
하고 호통을 쳤습니다。그렇게 간신히 2층의 광란이 잠잠해
지고、2층에 불이 켜지더니、이윽고、아래층에도 불이 켜지고、
가게 문이 안쪽에서 열리면서、잠옷 차림의 할망구와 마누라
가、두리번두리번 얼굴을 내밉니다。순경은 마지못해 웃으면
서、도둑이 아니야、하고 말하고는 나를 앞으로 떠밀었는데、
할망구가 이상하다는 얼굴로、이 사람이 누군데요? 난 이런
놈 모르는데、너 아는 사람이니? 하고 딸년에게 묻자、딸년도
정색을 하며、아무튼간에 우리 집 사람은 아니네요、하고 대
답합니다。그런 말까지 들으니、정말 나도、하도 기가 막힌 마
음에 말도 안 나올 지경이라、아 그래요、잘 먹고 잘 사슈、하
고 말하고는、뒤에서 순경이 부르는 소리에도 돌아보지 않고、

저벅저벅 강 쪽으로 걸어가면서, 뭐 어차피, 언젠가는 날 내쫓
을 작정이었겠지, 도저히 오래는 머물 수 없는 집이니까, 오늘
을 끝으로, 홀로 다시 방랑 생활을 하리라 각오하고, 다리 난
간에 기댔는데, 갑자기 왈칵 눈물이 나와서, 그 눈물이 뚝뚝
수면에 떨어지고, 달그림자를 띄우고 천천히 흘러가는 그 강
물에, 눈물 한 방울 떨어질 때마다 퍼지는 작고 고운 금색 물
둘레, 아아, 그로부터 벌써 20년 가까이 지났지만, 나는 지금
도, 그날의 외로움 서러움을 그대로, 생생하게, 떠올릴 수 있
습니다.

그 후로도 나는, 별의 별 여자한테 매서운 타격을 계속 당
했는데, 그렇지만 그건 무식한 여자라서, 그토록 잔인한 짓을
할 수 있는 건가, 하고 생각하신다면, 아니오, 천만의 말씀, 결
코 그렇지 않습니다. 오랫동안 외국에서 공부하고 온 여자대
학교 할머니 교수인데, 이미 그 양반은 몇 해 전에 작고하셨지
만, 그 양반 때문에 내 시집 하나가, 정말이지 이상할 정도로
엄청난 조롱과 매도를 받아, 나는 정말이지 마음속까지 덜덜
떨려서, 그 후로는, 단 한 줄의 시도 쓸 수 없게 되었고, 반박
하고 싶건만, 도대체, 그 악담이란 게 어떠한 배려도 없어 인
정사정도 없어, 내가 소학교를 졸업한 게 전부라 아는 게 아무
것도 없다, 시는 정말이지 형편없기 짝이 없어 도저히 읽어줄

수가 없다、도호쿠[1] 지방 깡촌에서 태어난 놈이 고귀하고 우아한 시 같을 걸 쓸 리가 절대로 없다、저 얼굴을 봐라、애당초 시인의 얼굴이 아니다、생활은 난잡、추잡、비겁、미숙、이런 무식한 룸펜[2] 시인이 알짱대는 한 일본은 결코 문명국이라 할 수 없다、뭐 그런 정말이지 하나부터 열까지 맞는 말이긴 한데、모자란 아이한테、너는 집안의 걸림돌이 될 게 뻔하니 죽으렴、하고 말하는 것만큼 무섭도록 정확한 악담이며、대놓고、안 되는 놈은 안 된 다고 한 방에 압살해버리는 맹렬한 악담입니다。나는 그 양반하고는、언젠가 시인 모임에서 딱 한 번 얼핏 얼굴을 마주친 적이 있는 정도라、개인적으로 신세를 지거나 원한을 산 일도 전혀 없을 텐데、어째서 나처럼 있으나 마나 한、말하자면 룸펜적 존재를 딱 집어서 공격의 대상으로 삼은 건지、역시 오랜 세월 외국에서 학문을 갈고닦다 와서 대학 교수 같은 걸 하고 있지만、구제 불능인 남자를 붙잡고 실컷 괴롭힌다、뭐 그런 여성 특유의 본능을 가지고 있기 때문일까요、아무튼 나는 그 무시무시한 글을 어느 시 잡지에서 읽고、와들와들 떨었고、극도의 공포감 때문에、이상한 성욕도착증 같은 걸 일으켜、그 예순을 넘긴、남자한테도 드물 정도로 거대하고 근엄한 얼굴을 한 할머니한테、이런 전보를 쳐버

---

(1) 일본 열도에서 가장 큰 섬인 혼슈 동북부 지방. 아오모리, 이와테, 아키타, 미야기, 야마가타, 후쿠시마 현으로 이루어져 있다.
(2) 독일어로, 부랑자 또는 실업자.

리고、결국 거듭 수치를 당하고 말았습니다. 『그대에게、키스를 보낸다。』

하지만、그 할머니 교수는、나에게 이런 미칠 만큼 큰 공포를 안겨주고、안 그래도 가늘고 약해진 내 시의 생명을 뚝 하고 끊어버린 것을 아마 알지도 못한 채、아니지、알았다면 오히려 기고만장해서 황홀해할지도 모르지만、하여간에 몇 해 전、안락한 대왕생[1]을 이루신 모양입니다.

자、날도 벌써 꽤 어두워 졌고 하니、나의 어리석은 경험담도、슬슬 끝마칠까 합니다만、오늘 강연을 요약하자면、세상의 여성이라는 존재는 배운 게 있든지 없든지 간에、괴상하고 무시무시한 잔인성을 내포하고 있는 것 같다、허나 그럼에도 불구하고 또한、여자는 약하다、보살펴달라、그렇게 말하는가 하면、남자는 남자다웠으면 좋겠다고 하는데、남자다운 게 대체 어떤 걸 말하는 거냐、남자다운 면모를 좀 발휘해서 여자한테 호감을 사려 하면、이번에는 난폭해서 못쓰겠다고 하고、그래서 끔찍하고 뼈아픈 복수를 당하고、뭘 어쩌란 거냐、여기로 홀로 낙향하고 나서도、10년 동안、나는 당연히、제수씨며、또 그 여동생이며、이모며、이러저런 여자들 때문에、복잡기묘한 공격을 받아、여자가 있는 한、이 세상에 내 몸 하나 둘 곳 어디에도 없겠구나 싶어、몹시 애를 먹고 있었는데、이

---

(1) 조금도 괴로움이 없이 평안하게 맞는 임종.

번에 민주주의의 여명이 찾아와、신헌법에 의거하여 남녀평등
이 확실하게 결정되었다 하니、실로 경사스럽기 그지없고、이
제 더 이상은、여자는 약하다、이따위 말을 하도록 내버려두
지 않겠노라、어쨌든 평등하니까、너무나 기분 좋게、아무 거
리낌도 없이、감싸줄 것도 없이、실컷 여자들 욕을 할 수 있게
되었고、고맙게도 언론의 자유도、그런 면에 있어서 절정에 달
했다는 생각도 드는 바、그 할머니 교수에게 시 읊을 혀를 뿌
리째 잡아 뽑혀버렸지만、아직 여성을 고발할 혀만큼은、이번
신헌법에 보장된 남녀평등、언론의 자유에 의거하여 허용되어
있을 터、이제부터 내 여생은 모조리、여성 폭력 적발에 바칠
생각입니다。

-(끝)-

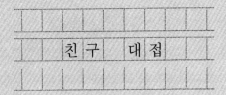

친구 대접

親友交歡

1946년 12월

≪단골 장어구이집에서 흐뭇이 맥주를 따르는 다자이 오사무≫

쇼와 21년(1946년) 9월 초에、나는、어떤 남자의 방문을 받았다。

이 사건은、거의 전혀、로맨틱하지 않고、또、전혀、저널리스틱하지도 않지만、그러나、내 가슴에、내가 죽을 때까지 지워지지 않을 흔적을 남기지는 않을까、싶은、그런 묘하게、석연치 않은 사건이다。

사건。

하지만、역시、사건이라고 하면 거창할지도 모르겠다。나는 어떤 남자와 둘이서 술을 마시고、딱히、싸우거나 하지도 않고、그리고、적어도 겉으로 봐서는 화기애애한 가운데 헤어졌다는 게 사건의 전부다。그렇지만、나는 아무래도、대충 넘어갈 수 없는 중대한 일이라는 느낌이 들어 견딜 수가 없다。

아무튼、그는、대단한 남자였다。끝내주는 남자였다。괜찮은 구석이라곤 한 군데도 털끝만치도 없었다。

나는 작년 공습으로 이재민이 되어、여기 쓰가루[1] 고향집
으로 피난을 왔고、거의 매일、얌전스레 뒷방에 틀어박혀 있
는데、가끔 이 지역의 무슨무슨 문화회라든가、무슨무슨 동
지회라든가 하는 그런 데서 강연을 하러 오라거나、혹은、좌담
회에 출석하라거나 하는 그런 일이 있어도、『저 말고 더 적당
한 강사가 많이 있을 겁니다.』하고 대답하여 거절하고、몰래
혼자 자기 전에 술을 마시고 잔다、뭐 그런 약간 가짜 은둔자
의 나날과 비슷한 생활을 하고 있으나、그전에 15년 동안 도쿄
에 살면서、최하급 술집에 드나들며 최하급 술을 마시고、쉽
게 말해 최하급 인물들과 말을 섞곤 했으니、어지간한 무뢰한
에게는 놀라지도 않는다。하지만、그 남자한테는 두 손 들었
다。아무튼、기가 막혔다。

9월 초、나는 점심을 다 먹고、안채 거실에서、혼자 멀뚱멀
뚱 담배를 피우고 있었는데、작업복 차림의 덩치 큰 아저씨가
현관에 멀거니 서서、

『여어.』하고 인사를 했으니、그것이 곧 문제의 「친구」였던
것이다。

(내가 이 글에서、한 농사꾼의 모습을 묘사하고、그의 혐오
스러운 성격을 세상 사람들에게 내보임으로써、계급투쟁에서
말하는 소위 「반동세력」을 응원하고자 하는 의도 따위、절대

---

[1] 아오모리 현 중서부에 소재한 시. 다자이 오사무 집안(쓰시마 가문)의 활동 무대였다.

로 없다는 사실을、어처구니없지만、만약을 위해서 덧붙여두
고 싶다。이 글을 끝까지 읽으면、대부분의 독자들은 그러한
사실을 명백히 깨닫게 될 것이므로、이런 설명은 분위기를 망
칠 게 분명하지만、요즘 대단히 머리가 나쁘고、센스라고는 없
는 자들이、줄곧 뭐라고 고리타분한 말을 지껄여 소란을 일으
키고、터무니없는 결론을 내리기에、그 고리타분하고 머리가
나쁜 (아니、오히려 영리할지도 모르지) 사람들을 위해서 한
마디、하지 않아도 될 설명을 덧붙이는 바이다。본시、이 수
기에 등장하는 남자는、농사꾼 같은 모습을 하고 있지만、결
코 「이데올로기스트」들이 경애의 대상으로 삼는 그 농민이 아
니다。그는 참으로 복잡한 남자였다。아무튼 나는、그런 남
자는、처음 봤다。불가사의하다고 해야 할 정도였다。나는 그
에게서、인간의 새로운 타입마저 예감했다。선하다 악하다 이
런 도덕적 심판을 나는 그에게 내리려는 게 아니며、그러한 새
로운 타입의 예감을、독자들에게 제공할 수 있다면、그것으로
나는 만족한다。)

　자기가 나랑 소학교 시절 동급생이었던、「히라타」란다。

　『잊어버렸냐?』하고、허연 이를 드러내며 웃고 있다。그 얼
굴、어렴풋이 낯이 익다。

　『알아。안 들어올 거야?』나는 그날、그를 대할 때 확실히
경박한 사교가였다。

그는 짚신을 벗고, 거실로 들어왔다.

『오랜만이다, 야.』하고 그가 큰소리로 말한다. 『몇 년 만이지? 아니, 몇 십 년 만인가? 야, 20년 만이야. 니가 여기 와 있다는 건, 전부터 들었는데, 어지간히 나도 밭일이 바빠서 말이야, 놀러 오지도 못했네. 너도 꽤나 술꾼이 되었다고 하드만. 우하하핫.』

나는 억지로 웃으며, 차를 따라주었다.

『나랑 싸운 거 잊어버렸냐? 맨날 싸웠드랬는데.』

『그랬었나?』

『그랬었나? 이거 봐, 여기 손등에 상처 있잖아. 이거 니가 할퀸 상처라구.』

나는 그가 내민 손등을 자세히 들여다보았지만, 이렇다 할 상처는 어디에도 없었다.

『니 왼쪽 정강이에도, 틀림없이 상처가 있을 거야. 있지? 분명히 있을 거야. 그건 내가 니한테 돌을 던져서 낸 상처야. 정말, 니랑은 걸핏하면 싸웠는데.』

하지만 내 왼쪽 정강이에도, 또, 오른쪽 정강이에도, 그런 상처는 전혀 없다. 나는 그저 애매하게 미소를 지으며, 그가 하는 말에 귀를 기울이고 있었다.

『근데, 니한테 하나 상의할 게 있는데. 동창회 말이야. 어때, 싫냐? 실컷 마시자구. 참가자는 열 명으로 하고, 술은 두

말, 이건 내가 맡을게。』

『그거야 나쁘지 않은데、두 말은 조금 많지 않을까?』

『아니、안 많아。한 사람에 두 되 아니면 재미없지。』

『근데、두 말이라니、술을 구할 수나 있을까?』

『못 구할지도、모르지。모르지만、해봐야지。걱정 마라。
그런데、아무리 시골이라도 요즘은 술값도 싸지는 않으니까、
니한테 그 부분은 부탁 좀 하자。』

나는 알겠다는 얼굴로 자리에서 일어나、안방으로 가서 커
다란 지폐를 다섯 장 가지고 오면서、

『그럼、뭐 일단 이 정도만 받아둬。나중 일은 또 그때 가서
보자。』

그는『잠깐만。』하고 그 지폐를 내 쪽으로 밀어내며、『이건
아니지。오늘은 나 돈 받으러 온 게 아니야。그냥 상의를 하
러 온 거야。니 의견을 들으러 온 거라구。어차피 뭐、니한텐、
천 엔 정도는 받아야 되겠지만、하지만、오늘은 상의하는 김에
겸사겸사、옛 친구 얼굴 보고 싶어서 온 거라구。자、됐으니
까、나한테 맡기고、그 돈은、도로 넣어둬。』

『그래?』나는、지폐를 웃옷 주머니에 넣었다。

『술은 없냐?』하고 불쑥 그는 말했다。

나는 과연、그의 얼굴을 다시 쳐다보았다。그도、한순간、
염치가 없었는지、눈이 부신 듯 찡그리는 표정을 지었지만、하

지만、이렇게 우겨댔다.

『니네 집에는、항상 술 두어 되는、있다고 하드만。좀 마시자。마누란、없냐? 니 마누라가 따라주는 술 좀 마셔보게。』

나는 일어나서、

『좋아。그럼、일루 와。』

짜증이 났다.

나는 그를 안쪽 서재로 안내했다.

『좀 너저분해。』

『아니、괜찮아。작가의 방이라는 건、다 그런 법이지。나도 도쿄에 살았을 때、작가 여러 명하고 친분이 있었으니까。』

하지만、나는 도저히 그 말은 믿을 수가 없었다.

『역시나、그래도、좋은 방이구만。과연、잘 지었어。정원 조망도 좋아。구골나무(1)가 있네。구골나무에 얽힌 내력 알어?』

『몰라。』

『몰라?』하더니 우쭐해져서、『그 유래는、크게는 세계적、작게는 가정적、또 니 같은 작가들이 글을 쓰는 재료가 돼。』

전혀 언어가、의미를 형성하지 못한다。좀 모자란 게 아닌가、하는 생각마저 들었다。하지만、그렇지는 않았다。어지간히 교활하고 노련한 일면도、나중에 가서는 보여주었다.

『뭘까、그 내력이란。』

---

(1) 물푸레나뭇과의 상록 활엽 관목。톱니 같은 잎이 무성히 나며 가지 겨드랑이에 흰 꽃이 핀다.

히쭉 웃으며,

『다음에 가르쳐주지. 구골나무의 내력。』하고 거드름을 피운다.

나는 벽장에서、반 정도 들어 있는 네모난 위스키 병을 꺼내 들고,

『위스킨데、괜찮겠어?』

『괜찮구말구。마누라 없어? 와서 술 좀 따르라고 해。』

오랫동안、도쿄에 살며、오만 손님들을 대접했지만、나한테 이런 말을 한 손님은、한 명도 없었다.

『집사람은、없어。』하고 나는 둘러댔다.

『그러지 말고、』하고 그는、내 말은 아예 귓등으로도 듣지 않고、『일루 불러서、술 좀 따르라고 해。니 마누라가 따라 주는 술 한 잔 마시고 싶어서 온 거니까。』

도시 여자、세련되고 애교 많은 여자、그런 걸 기대하고 온 거라면、그한테도 미안하고、집사람도 비참하겠구나 생각했다. 집사람은、도시 여자이긴 한데、아주 촌스러운 무쪽같은、그리고 붙임성도 전혀 없는 여자다. 나는 집사람을 부르는 건 내키지가 않았다.

『상관없잖아? 집사람이 따라주면、오히려 술맛이 떨어질 거야. 이 위스키는、』하고 말하면서 책상 위 찻잔에 위스키를 따르고는、『옛날이라면 삼류품이지만、그래도、뭐 메틸[1]은 아

니니까。』

그는 꿀꺽 하고 단숨에 잔을 비우고는、 그리고 쯧쯧 하고
혀를 차더니、

『뱀술 같구만。』하고 말했다。

나는 다시 한 잔 따라주면서、

『그래도、 너무 벌컥벌컥 마시면、 나중에 한꺼번에 취기가
올라와서、 힘들어질 거야。』

『헤헤、 번지수 잘못 짚은 거 아냐? 난 도쿄에서 산토리[2]를
두 병 비운 적도 있다구。이 위스키는、 음、60도 정도 되려나?
뭐、 보통이네。 별로 세지도 않구만。』하고 말하고는、 또 꿀꺽
하고 단숨에 잔을 비운다。 아무런 운치도 없다。

그리고 이번에는、 그가 나에게 술을 따라 주고、 그리고 또
자기 잔에도 찰랑찰랑 한 잔 가득 따르더니、

『이제 없네。』하고 말한다。

『어어、 그래?』하며 나는 고상한 사교가처럼、 알았다는 듯
선뜻 일어나、 또다시 벽장에서 위스키를 한 병 꺼내、 뚜껑을
딴다。

그는 능청스럽게 고개를 끄덕이고、 또 마신다。

정말이지 나도、 조금 울화가 치밀었다。 난 어릴 때부터 낭

---

(1) 공업용 메틸알코올。술이 부족한 시기에 메틸알코올을 섞은 밀주가 성행했다。 마시면 눈이 멀거
나 사망하기도 한다。
(2) 일본의 주류 업체 산토리에서 1929년부터 생산하기 시작한 위스키 '산토리 시로후다'를 말함。

비하는 나쁜 버릇이 있어서、물건을 아낀다는 감각은、(결코 자랑은 아니지만) 보통 사람들에 비해 약간 무딘 것 같다。그렇지만、이 위스키는、말하자면 내 애장품이었다。옛날이었으면 삼류품일지 몰라도、그래도、지금은 일류품이 틀림없다。가격도 상당히 비싸지만、그렇지만、그보다도、이걸 구할 데가 없었다。돈만 내면 살 수 있는 그런 물건이 아니었다。나는 이 위스키를、꽤 오래 전에 간신히 한 다스 양도 받고、그 여파로 파산했지만 후회는 없고、할짝할짝 핥아가며 즐기다가、술을 좋아하는 작가 이부세[1] 씨 같은 분이 오면 같이 마시려고 심히 애지중지하고 있었던 것이다。

하지만、한 병 한 병 사라지고、그때는、벽장에、두 병 반밖에 남아 있지 않았다。

그가 마시자、라고 말을 했을 때는、공교롭게도 청주도 없고 해서、얼마 남지 않은 그 비장의 위스키를 내놓긴 했지만、하지만、이렇게 벌컥벌컥 들이부을 거라고는 생각하지 않았다。대단히 좀스러운 푸념을 하는 것 같은데、(아니、확실히 말하겠다。나는 이 위스키에 대해서는、좀스럽다。아깝다。) 마치 뭔가 당연하다는 듯、아주 큰소리를 쳐가며 벌컥벌컥 마셔버리니、정말、분한 마음이 들지 않을 수가 없었던 것이다。

게다가 또、그가 내뱉는 이야기라는 것이、조금도 내게 공

---

(1) 일본의 작가 이부세 마스지. 다자이 오사무의 스승.

감을 불러일으키지 않는다. 그건 절대 내가 교양 있는 고상한
인물이고 상대가 무식한 시골뜨기 농사꾼이라서가 아니었다.
그런 건, 절대 아니다. 나는 교양이라고는 전혀 없는 매춘부
와, 「인생의 진실」이라고 할 법한 이야기를 아주 진지하게 나
눈 경험도 있다. 일자무식한 늙은 공장 노동자에게 충고를 듣
고 눈물을 흘린 적도 있다. 나는 세간에서 말하는 「학문」에
회의마저 든다. 그의 이야기가, 조금도 나에게 유쾌하지 않았
던 것은, 분명 다른 이유 때문이다. 그 이유가 무엇일까. 나
는 그것을 여기에서, 두세 단어로 단정하기보다는, 그날 그의
여러 가지 언동을 있는 그대로 생생하게 묘사하고, 그로써 독
자의 판단에 맡기는 편이, 작가로서 이른바 건강한 수단일 듯
싶다.

　그는 『내가 도쿄에 살았을 때』라는 말을, 처음부터, 여러
번 했는데, 취기가 오름에 따라, 점점 더 빈번하게 그 말을 연
발했다.

　『니도, 근데, 도쿄에서 여자 문제로 실수를 했잖아.』하고
큰소리로 말하며, 히쭉 웃더니, 『나도, 실은, 도쿄에 살았을
때, 위험한 순간까지 갔던 적이 있어. 자칫하면, 니랑 똑같이
큰 실수를 할 뻔했지. 진짜야. 정말, 큰일 날 뻔했다구. 근
데, 나는 도망쳤어. 그래, 도망쳤지. 그래도, 여자라는 건, 한
번 믿은 남자를 잊지 못하는 것 같더라. 와하하핫. 지금도 편

지를 보낸다니까. 후후홋. 얼마 전에도、떡을 보냈더군. 여자
는、바보야、으이그. 여자를 꼬시려면、얼굴로도 안 되고、돈
으로도 안 되고、감정이야、마음이지. 진짜、나도 도쿄에 살았
을 때는、꽤나 화려하게 놀았어. 생각해보면、그 무렵에 물론
너도 도쿄에 있었으니、기생깨나 울리면서 놀았을 텐데、한 번
도 나랑 마주치지 않은 게 신기해. 니는、대체 그 무렵에、주
로 어디 쪽에 놀았냐?』

그 무렵이라니、나는 그 무렵이 어느 무렵인지 모르겠다.
게다가 나는 도쿄에서、그가 짐작하는 것처럼 그렇게、기생을
울리거나 하면서 논 기억은 전혀 없다. 주로 닭꼬치 포장마차
에서、아와모리[1]나 소주를 마시고、취해서 주정을 부리고 다
녔다. 나는 도쿄에서、그의 말대로 소위 「여자 문제로 큰 실
수」를 하고、그것도 한 번 두 번이 아니라、연거푸 큰 실수를
하여、부모형제 얼굴에 똥칠을 했지만、그러나、적어도、이것
만큼은 장담할 수 있을 것 같은데、「그저 돈만 믿고、마치 호
색꾼인 양、기생을 울리고、신이 나서 싱글벙글하며 살진 않
았다!」 비참한 프로테스트지만、이조차도 사람들은 믿어 주지
않는 것 같다는 현실을、그의 말을 듣고 깨닫게 되어、온몸이
부들부들 떨렸다.

---

(1) 일본 오키나와에서 안남미(태국, 필리핀, 베트남 등지에서 생산되는 찰기가 적은 쌀)로 만드는 증
류식 소주. 비교적 값이 저렴했다.

하지만, 그 불쾌함은, 그렇다고 이 남자로 인해, 처음 경험한 것은 아니고, 도쿄의 문학 비평가라는 자들, 그 외에 이런 저런 사람들, 또는, 친구라는 모양새로 지내던 인물들 덕분에, 맛본 적이 있는 쓴맛이므로, 그런 말은 이제 웃으며 흘려들을 수 있게 되었지만, 한술 더 떠, 이 농사꾼 차림을 한 남자는, 뭔가 그것을 내 대단한 약점이라고 생각하는 건지, 그걸 붙잡고 늘어진다는 낌새가 있어서, 그런 그의 심보가 정말이지, 치사하고 쩨쩨하게 느껴졌다.

하지만, 그날, 난 더없이 경박한 사교가였다. 당당한 구석이 한 군데도 없었다. 누가 뭐라 해도, 나는, 알거지나 다름없는 전쟁 피난민이었고, 처자를 데리고, 그다지 풍요롭지도 않은 이 마을에 억지로 비집고 들어와, 가까스로 이슬 같은 목숨을 이어가는 처지가 틀림없었으니, 이 마을 토박이를 대할 때면, 자연히, 경박한 사교가가 될 수밖에 없었다.

나는 안채에 가서 과일을 가지고 와 그에게 내밀며,

『과일 먹을래? 과일을 먹으면, 술이 깨서, 또 실컷 마실 수 있어.』

나는 그가 이 기세로, 벌컥벌컥 위스키를 마시다가, 조만간 거나하게 취기가 올라, 난동까지는 부리지 않더라도, 인사불성이 되어버리면, 처치 곤란이라는 생각이 들어, 약간 그를 진정시키려는 목적으로, 배를 깎아 권했던 것이다.

하지만 그는 술이 깨고 싶지 않다는 듯, 과일에는 눈길도 주지 않고, 위스키 잔에만 손을 가져간다.

『난 정치가 싫어.』하고 갑자기, 이야기가 정치 쪽으로 빠진다. 『우리 농사꾼은, 정치 같은 건 아무것도 몰라도 돼. 실제로 우리 사는 데, 조금이라도 득이 되는 일을 해준다면, 그쪽에 붙는다. 그럼 되는 거잖아. 현물을 눈앞에 갖고 와서, 우리 손에 쥐어주면, 그쪽에 붙는다. 그럼 되는 거잖아. 농사꾼한테 야망은 없어. 신세를 지면, 반드시, 그만큼 갚는다. 그거야 뭐, 농사꾼들은 정직하니까. 진보당이든 사회당이든, 아무렴 어떠냐. 우리 농사꾼은 논 갈고 밭 갈면, 그걸로 장땡이지.』

나는, 처음에, 왜 그가 갑자기 이런 묘한 말을 꺼냈는지, 이유를 알 수가 없었다. 하지만, 다음 말을 듣고, 진의가 분명히 밝혀져 어이가 없어 웃을 수밖에 없었다.

『하지만, 요전 선거에서는, 너도 형님을 위해 선거운동을 했겠지.』

『아니, 아무것도, 하나도, 안 했어. 이 방에서 매일, 내 일만 했는데.』

『거짓말. 아무리 니가 작가고, 정치인이 아니라고 해도, 그건 사람의 정 문제야. 형님을 위해서, 분명 요란하게 했겠지. 난 말이야, 쥐뿔도 모르는 농사꾼이지만, 그래도, 인정이라는

건 있다。난、정치가 싫어。야망도 뭣도 없어。사회당이니 진
보당이니 해도、무서울 게 없다 이거야、하지만、인정은 있다
구。난 말이야、니네 형님하고는、별로 친분도 없고 그렇지만、
하지만 적어도 니는、내 동창이기도 하고、친구잖아? 그게 바
로 인정이란 거야。난 누가 부탁하지 않았어도、니네 형님한
테 한 표 넣었다。우리 농사꾼은、정치고 뭐고 몰라도 돼。인
정、그거 하나만 명심하면、그걸로 장땡이다、이렇게 생각하
는데、어때?』

그 한 표가、위스키에 대한 권리라도 된다더냐。너무나도
빤히 속이 들여다보여서、나는 점점 더 기분만 잡칠 뿐이었다。

그러나、그도、그리、허술한 남자는 아니다。민감하게、문
득 무언가 눈치를 살피는 것 같다。

『난、딱히 뭐、니네 형님 밑으로 들어가고 싶다、그런 건 아
니고。그렇게、나를 깔보면 곤란하지。니네 집도、조상을 따져
보면 기름 장수였잖아。알고 있냐? 난、우리 할머니한테 들었
는데。기름 한 병 산 사람한테는、눈깔사탕 하나를 덤으로 주
었지。그게 먹혔던 거야。또 강 건너 사토 말이야、지금이야
저렇게 대지주랍시고 어깨에 힘주고 다니지만、삼대 전만 해
도 강에 떠내려가는 나무때기를 건져다가、그걸 깎아 꼬챙이
를 만들고、강에서 잡은 고기를 꼬챙이에 꿰어 구워서、한 푼
두 푼 받고 팔아서 돈을 벌었다잖냐。또 오이케 씨 집안도 길

가에 나무통을 늘어놓고 길 가는 사람한테 오줌을 받아다가、
통이 가득 차면、그걸 농사꾼들한테 팔아서 돈을 번 게、지금
재산의 밑바탕이야. 부자 같은 건、근본을 밝히자면、다 그렇
지. 우리 가문은、알어? 이 지방에서는 제일 오래된 가문이라
고 하드라. 어쩌면、조상은、교토 사람이고.』하고 말하다가、
과연、낯간지러운 듯이、후후후 하고 웃더니、『할머니가 한
말이니까、믿을 건 못 되지만、어찌 됐든 제대로 된 족보는 있
다구.』

　나는 진지하게、

　『그럼、역시、귀족 출신일지도 모르겠군.』하고 말해서、그
의 허영심을 충족시켜 주었다.

　『응. 뭐、그건、확실히는 모르지만、대충、그 정도 되겠지.
나야 이런、꾀죄죄한 몰골로 허구헌 날、논밭에 나가 있지만、
하지만、우리 형은、니도 알지? 대학 나왔어. 대학 야구 선수
라 신문에 노상 이름이 나왔었잖아. 내 동생도 지금、대학을
다니고 있어. 나는、생각이 있어서、농사꾼이 되었지만、하지
만、형도 동생도、지금은 내 앞에서 고개를 못 들지. 워낙、도
쿄는 식량이 모자라잖아, 형은 대학을 나와서 과장을 하고 있
지만、틈만 나면 나한테 쌀 좀 부치라고 편지다. 하지만、부
치는 게 큰일이라서. 형이 직접 가지러 오면、그러면、나야 얼
마든지 지고 가라고 할 텐데、역시、도쿄에 있는 관청 과장쯤

되면、쌀을 가지러 올 수도 없는 모양이드라。니도、지금 뭔
가 부족한 게 있으면、언제든지 우리 집으로 와。난 말이야、
니한테、거저 술을 얻어 마실 생각은 없다。농사꾼이란、정
직한 법이거든。신세를 지면、반드시、딱 그만큼 갚는다 이거
야。아니、이제 니가 따르는 술은、안 마실란다! 마누라 불러
와! 마누라가 따라주는 술 아니면、나 안 마실란다!』나는 조
금 묘한 기분이 들었다。별로 난、그다지 술을 주고 싶지도 않
구만。『이제 나 안 마실란다。마누라 데려와! 니가 안 데려
오면、내가 가서 끌고 온다。마누라는、어디 있나? 침실에 있
나? 안방에 있나? 나는 천하의 농민이다。히라타 가문을 모
르느냐?』점입가경으로 취해서、시답잖은 소란을 피우며、비
틀비틀 일어선다。

　나는 웃으며、그를 달래서 앉히고、

　『좋아、그렇다면 데려오지。볼 것도 없는 여자야。괜찮지?』

　하고 말하고는 집사람과 아이들이 있는 방으로 가서、

　『여보、옛날 소학교 때 친구가 놀러 왔는데、잠깐만 인사하
러 나오시구려。』

　하고、그럴싸한 표정으로 말했다。

　나는、하지만、집사람이 내 손님을 얕보는 건 싫었다。내 집
에 온 손님이、설령 그게 어떤 부류의 손님이라 할지라도、집
안사람들한테 무시를 당하는 기색이 조금이라도 보이면、나

는, 괴로워서 견딜 수가 없다.

집사람은 작은아이를 안고 서재로 들어왔다.

『이쪽은, 히라타라고, 내 소학교 때 친구야. 그때는, 자주 싸웠는데, 이 양반 오른쪽인가 왼쪽인가 손등에 내가 할퀸 흉터가 아직 남아 있어서 말이야, 그래서 오늘은 그 복수를 하러 오셨다는구만.』

『아이구, 무서워라.』 하고 집사람은 웃으며 말하고는,『잘 부탁드립니다.』 하고 정중하게 인사를 했다.

우리 부부의 이런 경박하기가 이를 데 없는 사교적인 의례가, 그는 아주 싫지는 않았는지, 헤벌레해져서,

『어휴, 딱딱한 인사는 질색인데. 부인, 저기, 요쪽으로 와서 술 한 잔만 따라주세요.』 그 또한 빈틈없는 사교가였다. 뒤에서는, 마누라 마누라 하더니, 면전에서는, 부인이란다.

그는 집사람이 따라준 술을, 쭉 들이켜고,

『부인, 방금 전에도, 슈지(내 어릴 적 이름)한테 말했지만, 뭔가 부족한 게 있으면, 우리 집으로 오세요. 뭐든지 있어요. 감자 채소 쌀 계란, 닭도 있어요. 말고기는 어떻습니까? 드십니까? 내가 말가죽 벗기기 명수 아닙니까, 드신다면, 가지러 오세요, 말 다리 한쪽 들려서 보내드리죠. 꿩은 어떻습니까? 산새가 더 맛있을라나? 내가 총도 쏩니다. 포수 히라타라고 하면, 이 근방에서, 모르는 사람이 없는데. 부인 입맛에 따라

서 뭐든지 잡아 드리지요. 오리는 어때요? 오리라면、내일 아
침에라도 논에 나가서 열 마리쯤 바로 잡아 보여드리지요. 아
침 먹기 전에、쉰여덟 마리 쏴서 떨어뜨린 적도 있습죠. 거짓
말 같거든、다리 옆에서 대장간을 하는 가사이 사부로네 집
에 가서 물어보세요. 그 양반、내 일이라면 뭐든지 알고 있으
니까요. 포수 히라타라고 하면、이 지방 젊은이는、절대복종
이라 이겁니다. 아 맞다、내일 밤、어이 작가 양반、나랑 같이
신사 축제 전야제에 안 가볼래? 내가 데리러 오지. 젊은 녀석
들이 한바탕 패싸움을 할지도 몰라. 아무래도 말이지、분위
기가 불안해. 그때 내가 뛰어 들어서、잠깐! 하고 말하는 거
지. 꼭 반즈인 쵸베에[1]처럼 말이야. 난 이제 목숨도 아깝지
가 않아. 내가 죽어도、나한텐 재산이 있으니까、마누라랑 아
이들은 곤란할 일이 없어. 이봐、작가 양반. 내일 밤에는、꼭、
나랑 가자. 이 몸의 위대함을 보여주지. 매일、이런 쪽방에서
쭈뼛거리고 앉아 있으면、훌륭한 작품이 나오겠어? 경험의 폭
을 넓혀야 돼. 도대체、너、어떤 소설을 쓰고 있냐? 우후후、
기생 소설인가? 니는 고생을 몰라서 글렀어. 나는 벌써、마누
라를 세 번 갈아치웠다. 나중에 얻은 마누라일수록、귀여운
법이지. 니는、어때? 니도、두 번? 세 번인가? 부인、어떻습니

---

[1] 일본의 전통극 가부키에 등장하는 검객. 서민들 편에서 무사들과 대립한 협객들의 우두머리로 실
제 인물이라는 설도 있다.

까? 슈지는, 부인을 예뻐하나요? 나, 이래 봬도 도쿄 살던 남자라구요.』

이거 참, 난처하게 됐다. 나는 집사람에게, 안채에 가서 뭐라도 술안주를 가지고 오라고, 시켜서, 자리를 뜨게 했다.

그는 여유롭게 허리춤에서 담배통을 꺼내더니, 그 담배통에 딸려 있는 주머니 안에서, 부싯깃이 들어 있는 작은 상자와 부싯돌을 끄집어내, 딱딱거리며 담뱃대에 불을 댕기려 하지만, 좀처럼 불이 붙지 않는다.

『담배는, 여기 많이 있으니까 이거 피워. 담뱃대는 번거로울 텐데.』

하고 내가 말하자, 그는 내 쪽을 보고, 히쭉 웃으며, 담배통을 집어넣고, 마치 자랑하듯이,

『우리 농사꾼들은, 이런 걸 가지고 다닌다구. 니들은 깔보겠지만, 그래도, 편리하거든. 비가 내리는 와중에도, 부싯돌은 말이야, 착착 긋기만 해도 불이 붙지. 다음에 난 도쿄에 갈때, 이거를 가지고 가서 긴자 바다 한가운데서, 착착 그어버릴거야. 니도 이제 곧 도쿄로 돌아가겠지? 놀러 갈게. 니네 집은, 도쿄 어디에 있냐?』

『공습을 당해서 말이야, 어디로 가야 할지, 아직 못 정했는데.』

『그래? 공습을 당했구나. 처음 들었다. 그러면, 이것저것

특별 배급도 받았겠네. 일전에 피난민한테 담요를 배급했다고
하던데、나 주라.』

나는 갈팡질팡했다. 그의 속내를 알 수가 없었다. 하지만、
그는、아주 농담은 아니라는 듯、집요하게 물고 늘어진다.

『주라. 난、점퍼를 만들 거야. 생각보다 담요가 좋은 거 같
더라. 주라. 어디 있냐? 집에 갈 때 가지고 가게. 이게、내 스
타일이야. 갖고 싶은 게 있으면、이거 갖고 간다! 하고 말하고
챙기지. 그 대신、니가 우리 집에 오면、니도 그렇게 하면 돼.
난 신경 안 쓰니까. 뭘 가져가든、상관없어. 난、그런 스타일
이야. 예의고 뭐고、성가신 건 딱 질색이다. 알았냐? 담요는、
내가 갖고 간다.』

딱 한 장밖에 없는 그 담요는、집사람이 보물처럼 소중히 여
기는 것이다. 흔히 말하는 「번듯한」 집에 지금 살고 있으니까、
뭐든지 남아돌 거라고、그는 생각하는 걸까? 우리는 분수에
넘치는 커다란 소라껍데기 속에 살고 있는 소라게 같아서、쏙
하고 소라껍데기에서 빠져나오면、가련한 발가숭이 벌레 신세
가 되어、우리 내외 그리고 아이 둘은、특별 배급으로 받은 담
요와 모기장을 부둥켜안고、이리저리 길바닥을 기어다녀야 한
다. 집 없는 가족의 비참함을、집이며 논밭을 가지고 있는 시
골 사람들은 알 리 없다. 이번 전쟁으로 집을 잃은 사람들의
태반은、(분명히 그럴 거라 생각하는데) 언젠가 한번쯤 일가

족 동반자살이라는 수단을 뇌리에 떠올렸을 게 틀림없다.

『담요는、안 돼。』

『치사하게、야!』

하고 더욱 끈덕지게、들러붙으려던 때에、집사람이 밥상을 들고 왔다.

『야아、부인。』하고 화살은、그쪽으로 돌아가고、『고생 많으십니다。음식 같은 건 하나도 필요 없으니까、자 이쪽으로 와서 술 좀 따라주세요。슈지 녀석이 따른 술은、이제 마실 기분이 안 나요。더럽고 치사해서、못 마시겠다구요。패버릴까? 부인、나는요、도쿄에 살았을 적에、꽤나 싸움을 잘했어요。유도도 있잖아요、좀、했구요。지금도、여기、슈지 같은 자식은 팔 한번 비틀면 끝입니다。언제든 말이지요、슈지가 부인한테 잘난 척하면、저한테 말만 하세요。이걸 확 그냥 두들겨 패줄 테니까。어떻습니까、부인、도쿄에 있을 때도、여기에 오고 나서도、슈지한테 나만큼 이렇게 허물없이 말할 수 있는 놈 없었을 걸요? 어쨌든 옛날 싸움 친구니까、슈지도 나한테는、잘난 척 할 수가 없다 이거거든요。』

이 대목에서、그의 허물없는 언행도、명백히 의도적인 노력이었음을 깨닫기에 이르러、점점 나는 따분한 마음이 깊어만 갔다。위스키를 뺏어먹고 지랄 난동을 부리고 왔다、뭐 이런 한심한 자랑거리로 삼으려는 건가?

나는、문득、기무라 시게나리와 다도 선생 이야기[1]가 떠올랐다. 그리고 또 간자키 요고로와 마부 이야기[2]도 생각났다. 한신이 가랑이 사이를 기어간 이야기[3]까지 생각났다. 원래、나는、기무라、간자키、또 한신 이야기에서、그들의 인내심에 감탄하기보다는、그들이、무뢰한에게 품었던 바닥 모를 무언의 경멸감을 느끼고、오히려 불쾌하고 언짢은 기분밖에 들지 않았다. 곧잘 선술집에서 일어나는 말다툼 같은 데서、한 사람은 불같이 화를 내며 사납게 고함을 지르는데、다른 한 사람은 여유롭다는 듯、히죽히죽 웃으며、주변 사람들을、「술주정 한번 고약하네。」하는 듯한 눈초리로 둘러보다가、그리고、격앙된 상대에게、『아이고、내가 잘못했어、사과할게、무릎 꿇을게。』하고 말하는 경우를 간혹 보는데、그건 정말、아니꼽다. 비겁하다. 그런 식으로 나오면、화가 난 사람은 더더욱 미쳐 날뛸 수밖에 없다. 기무라나 간자키、또는 한신 같은 사

(1) 기무라 시게나리는 전국시대 후기의 무장으로 도요토미 가문의 가신이다. 상당한 미남자로 알려져 있다. 16세 때 유약해 보이는 외모 탓에 주변에서 곧잘 놀림을 받았는데、다도 선생에게까지 모욕을 당하자 격분하여 칼을 뽑았다. 지금 네놈을 베고 나도 배를 갈라 마땅하나 주군을 위해 바칠 목숨이라 네놈 때문에 죽을 수는 없다고 일갈하고는 미소를 지었다고 한다. 22세에 전사했다.
(2) 간자키 요고로는 에도시대 시체를 검시하던 하급 무사로、츄신 구라에 등장하는 아코 47낭인의 일원이다. 비밀리에 적을 습격하러 가는 길에 술에 취한 마부가 말을 탈 것을 강요하며 무례하게 굴지만 그는 거절한다. 하지만 마부가 거절에 대한 사과장을 요구하며 소란을 피우자 거사를 앞두고 작은 실수를 해서는 안 된다며 돈을 지불하고 순순히 사과장을 써준다. 훗날 아코 낭인들이 거사에 성공하고 할복을 한 사실이 알려지자、사과장을 써준 사람의 정체를 알게 된 마부는 출가하여 그의 명복을 빌었다고 한다.
(3) 한신은 중국 초나라 항우와 한나라 유방이 패권을 다투던 초한전쟁 때 활약한 명장이다. 한신은 젊은 시절 밥을 빌어먹을 정도로 가난했음에도 커다란 덩치에 칼을 차고 다녔는데、이를 못마땅하게 여긴 불량배들은 겁쟁이라 놀리며 싸움을 걸었다. 검술에 능한 한신이 그들을 못 이길 리 없었으나 큰 꿈을 품은 한신은 싸움을 피하려 했고、불량배들은 그러면 자기 가랑이 아래를 기어서 지나가라고 했다. 그러자 한신은 주저하지 않고 가랑이 사이를 기어서 지나갔고 온 마을 사람들은 한신을 겁쟁이라고 비웃었다.

람은, 역시 관중들에게 능글맞은 눈빛으로, 『잘못했어, 사과할게.』 하고 말하는 노골적인 스탠드 플레이[(1)]를 연출하는 일 없이, 당당하게, 그야말로 진심이 겉으로 드러나는 사죄 방법을 틀림없이 택했을 테지만, 하지만, 그렇다 해도, 그들의 미담은, 나의 모럴^{도덕}에 반발한다. 나는, 그 이야기에서 인내심이라는 것이 느껴지지 않는다. 인내란, 그런 일시적인, 드라마틱한 것은 아닐 거라는 생각이 든다. 아틀라스[(2)]의 인내, 프로메테우스[(3)]의 인고, 그러한 가히 영속적인 모습으로 나타나는 미덕이 아닐까 한다. 더구나 앞서 말한 세 사람의 경우, 그 세 위인들은 각자, 그때, 묘하게 높은 우월감을 품고 있는 듯한 느낌이 어렴풋이 들어서, 그래서는 다도 선생이고 마부고 뭐고, 상대를 한 대 후려갈기고 싶어지는 게, 당연하다고, 오히려 그 무뢰한들한테 동정심마저 들었다. 특히 간자키의 마부는, 정중하게 사과증서까지 받았지만, 전혀 탐탁지 않은 심정으로, 그 후로 너댓새는 점점 마음이 심란해져 홧술을 먹었을 것 같다. 그렇게 나는 원래, 그런 미담 속 위인들의 사상에는 조금도 감동하지 못하고, 오히려 무뢰한들에게 크나큰 동정심과 공감을 품고 있었던 셈이지만, 하지만, 지금 눈앞에, 이 진귀한 손님을 맞이하고, 지금까지 내가 가졌던 기무라 간

---

(1) 관중을 의식한 과장된 연기나 동작.
(2) 그리스 신화 속 티탄 족. 제우스에게 대항하다가 패하여 하늘을 받치고 서는 형벌을 받았다.
(3) 인간을 창조한 티탄 족. 제우스의 불을 훔쳐 인간에게 전해준 벌로 돌산에 묶여 독수리에게 간을 쪼아 먹히는 형벌을 받았다.

자키 한신에 대한 관점에、중대한 수정을 가해야 할 것만 같
았다。

비겁이고 뭐고 모르겠다。날뛰는 말은 피하고 본다、이런
모럴로 기울기 시작했다。인내니 뭐니、그런 미덕에 대해 깊이
생각할 여유가 없다。나는 단언한다。기무라 간자키 한신은、
분명 그 막 나가는 무뢰한들보다 약했던 것이다、압도되었던
것이다。승산이 없었던 것이다。예수님도、상황이 불리할 것
같으면、『그리하여 주님께서는、그 자리를 떠나셨다。』라고 하
지 않는가。

도망쳐 벗어나는 것 말고 다른 수는 없다。지금 여기서、이
친구를 화나게 해서、장지문이라도 부수는 활극이 펼쳐진다
면、여기는 내 집도 아니고、몹시 불편한 입장이 된다。그렇지
않아도、아이가 장지를 찢고、커튼을 잡아 뜯고、벽에 낙서를
해서、나는 늘 조마조마하다。지금은 뭐니 뭐니 해도、이 친
구의 심기를 건드리지 않도록 애써야 한다。그 세 위인에 얽힌
전설이、그것이 도덕 교과서에서、「인내」니、「대용大勇과 소용
小勇」이니 하는 주제로 다루어지기 때문에、우리 같은 구도자
들은 이렇게 깊은 혼란에 빠지는 것이다。내가 만약、그 이야
기를 도덕 교과서에 싣는다면、제목을 「고독」이라고 짓겠지。

나는、지금이야말로 그 세 위인이、그때 느꼈을 고독감을
알 것 같다、그런 생각이 들었다。

친구가 토하는 기염을 들으면서、나는 속으로 그런 번민을 하고 있는데、갑자기、그가、

『우와악!』하고 무시무시한 괴성을 질렀다.

흠칫 놀라、그를 보니、그는、

『취한다앗!』하고 소리를 지르더니、마치 인왕[1]과도 같이、부동명왕[2]과도 같이、눈을 굳게 감고 으음 하고 신음하며、두 팔을 무릎 사이에 찔러 넣은 채、온몸에 힘을 주고、취기와 싸우고 있었다.

당연히 취하지. 거의 혼자서、벌써 새로 딴 위스키를 절반 이상이나 해치웠다. 이마에는 삐질삐질 비지땀이 번들거리고、그것은 실로 금강[3] 아니 아수라[4] 같다는 형용을 부여해 마땅한 무시무시한 모습이었다. 우리 부부는 그 꼴을 보고、참으로 불안한 시선을 교환했지만、하지만、30초 후、그는 멀쩡해졌고、

『과연、위스키가 좋긴 좋아. 잘 취해. 부인、자 술 좀 따라 봐요. 이쪽으로 좀 오세요. 나는요、아무리 취해도 정신을 놓지는 않아요. 오늘은 얻어먹었지만、다음에는 꼭 한턱낼 테니까요. 우리 집으로 오세요. 그런데、우리 집에는 아무것두 없

---

(1) 사찰이나 불전의 문 또는 불상 등을 지키는 불교의 수호신. 허리에 옷을 걸친 채 용맹스러운 모습을 하고 있다.
(2) 팔대 명왕의 하나로 일체의 악마를 굴복시키는 왕. 오른손에 칼, 왼손에 오라를 잡고 불꽃을 등진 채 앉아 성난 얼굴을 하고 있다.
(3) 절에 들어가는 문 좌우에 서서 불법을 수호하는 용맹스러운 신.
(4) 싸우기를 좋아하는 귀신으로, 불법에 귀의하는 사람을 보호하는 제석천과 항상 싸움을 벌인다.

어。 닭은、 키우기는 하지만、 그건 절대로 못 잡아。 그냥 닭이
아니야。 샤모라고、 싸움을 시키는 닭이라구。 올해 11월에、 샤
모 시합이 있어서、 그 시합에 전부 내보내려고、 지금 훈련 중
인데、 꼴사납게 싸움에 진 녀석만 목을 비틀어 잡아먹을 생각
이야。 그러니까、 11월까지 기다려。 뭐、 무 두어 개 정도는 드
리지요。』 점점 목소리가 기어들어 갔다。 『술도 없고、 아무것
도 없어。 그래서、 이렇게 얻어 마시러 온 거잖아。 오리 한 마
리、 언젠가、 잡으면 주겠지만、 근데、 거기에 조건이 있어。 그
오리를、 나랑 슈지랑 부인이랑 셋이서 먹고、 그때 슈지는、 위스
키를 가져오고、 그리고、 그 오리 고기를 말이야、 맛없다고 하
면 용서하지 않을 거야。 이런 맛없는 오리、 뭐 그렇게 말했다
간 국물도 없어。 내가 모처럼 큰맘 먹고 잡은 오리니까。 맛있
다、 라고 해줘야지。 알겠냐、 약속이다。 맛있다! 맛있어! 라고
말하는 거다。 우와하하핫! 부인、 농사꾼은 이런 겁니다。 바
보취급을 당하면、 정말、 새끼줄 한 오라기라도、 거저 주기 싫
거든요。 농사꾼들하고 친하게 지내려면、 요령이 있어요。 알겠
지요? 부인。 잘난 척하면 안 돼요、 잘난 척하면。 하기야、 부인
도、 우리 마누라처럼、 밤만 되면……。』

집사람은 웃으며、

『아이가 안에서 울고 있어서……。』

하며 도망쳐버렸다。

『안 돼!』 하고 그는 호통을 치며、일어서더니、『니 마누라
는、글렀어! 내 마누라는、안 그래。내가 가서、끌고 오지。사
람 무시하지 마。우리 집은、훌륭한 집안이야。아이가 여섯인
데、부부사이도 좋다구。거짓말 같으면、다리 옆 대장간 사부
로네 가서 물어봐라。마누라 방은 어디냐。침실 좀 보자。니
네들 자는 방을 보여달라구!』

아아、이런 인간에게 나의 소중한 위스키를 대접하다니、한
심하구만!

『됐어、됐어。』 나도 일어서서、그의 손을 잡고、역시 웃음기
없는 얼굴로、『저런 여자는 상대하지 마。오랜만이잖아。기분
좋게 마시자。』

그는、털썩 주저앉았고、

『니네、부부 사이 나쁘냐? 내 짐작인데。이상하네。뭔가
있어。그런 것 같아。』

짐작이고 자시고 없다。그 「이상」한 원인은、친한 친구의
터무니없는 술주정에 있으니까。

『재미없네。시라도 하나 읊어볼까。』

하는 그의 말에、나는 두 번 마음이 놓였다。

하나는、시로써 지금 당면한 이 거북함이 해소되겠지 하
는 생각과、또 하나、그것은 작으나마 나의 마지막 소원이었
으니、아무튼 내가 낮부터、슬슬 해가 저물 때까지 대여섯 시

간이나, 「전혀 친하지 않은」 친한 친구와 마주 앉아, 이런저런 그의 이야기를 듣는 동안, 단 한순간일지언정 이 친한 친구가 살가운 녀석이라거나, 또 괜찮은 놈이라고는 생각할 수 없었기에, 이대로 헤어지면, 나는 영원히 이 녀석을 공포와 혐오의 감정으로만 추억하게 될 테니, 그를 위해서나 나를 위해서나 좋을 게 없다, 딱 하나만이라도 좋아, 뭔가 즐겁고 그리운 추억이 될 만한 행동을 해줘, 제발, 헤어질 때, 구성진 목소리로 쓰가루 민요든 뭐든 아무거나 불러서 나를 눈물짓게 해줘, 하는 소원이, 시를 읊어보겠다는 그의 제안을 듣고, 불끈불끈 가슴속에 솟아났던 것이다.

『그거, 좋지. 꼭 한 수, 부탁함세。』

그 말, 이제는, 경박한 사교용 겉치레가 아니다. 나는, 진심으로 그 시 한 수에 기대를 걸고 있었다。

하지만, 그 마지막 기대마저, 무참히 배신당했다.

산천초목 황량도 하여라.
피비린내 백 리를 가는 새로운 전장[1]。

게다가, 뒷부분은 잊어버렸단다.

---

(1) 육군 대장 노기 마레스케가 러일전쟁(1904~1905) 당시 남긴 시. 뤼순요새를 함락하기 위해 진저우를 공격할 때의 참상을 묘사하고 있다. 그의 두 아들은 러일전쟁 때 전사했으며 전쟁이 끝난 뒤 메이지 일왕이 죽자 부인과 함께 자결하였다.

『자、난 집에 간다。니 마누라는 도망갔고、니가 따르는 술은 맛이 없고、슬슬 가야겠다。』

나는 붙잡지 않았다.

그는 일어나서、자못 심각한 체하며、

『동창회는、그럼、어쩔 수 없이、내가 뛰어다닐 테니까、뒷일은 잘 부탁해。진짜、재밌는 동창회가 될 거야。오늘、잘 먹었다。위스키는、가지고 갈게。』

그것은、이미 각오한 바。나는、4분의 1쯤 남아 있는 병에、그가 아직 잔에 남겨둔 위스키를 붓고 있었다.

『야、야。그거 말고。쪼잔한 짓 하지 마。벽장 속에 새 거 하나 더 있잖아。』

『알고 있었구나!』나는 전율했다. 그리고、오히려 통쾌해져서 웃었다. 대단하다、그 말밖에 할 말이 없다. 도쿄에도 어디에도、이렇게까지 대단한 놈은 없었다.

이제 이것으로、이부세 씨가 오든 누가 오든、함께 즐길 수 없게 되었다. 나는 벽장에서 마지막 한 병을 꺼내어、그에게 건네주고、차라리 이 위스키가 얼마짜린지 알려줄까 하고 생각했다. 가격을 말하면、그는 덤덤해할까、아니면、그럼 미안하니 필요 없다고 할까、약간 궁금했으나、그만두기로 했다. 남을 대접하고、그 가격을 알려주는 짓 따위、역시 못 하겠다.

『담배는?』하고 말해보았다.

『음、 그것도 필요하지。 나는 담배 없으면 못 살거든。』

나한테 소학교 시절 동급생이라면、 대여섯 명 정말 친했던 친구가 있긴 한데、 하지만、 이 사람에 대한 기억은 거의 없다。 이 사람도、 그 시절 나와 함께한 추억은、 그 싸웠다나 뭐라나 하는 것 말고는、 거의 없는 게 아닐까? 그럼에도 불구하고、 꼬박 한나절、 친한 친구 대접을 했다。 나는、 강간이라는 극단적인 말까지 떠올랐다。

그렇지만、 아직 끝난 게 아니었다。 하나 더、 유종의 미가 더해졌으니、 그야말로 통쾌하다、 시원하다 아니할 수 없는 사나이였다。 현관까지 그를 배웅하러 갔고、 드디어 이별의 순간、 그는 내 귀퉁이에 대고 격렬하게、 이렇게 속삭였다。

『잘난 척하지 마!』

-(끝)-

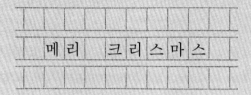

메 리 크 리 스 마 스

メリイクリスマス

1947년 1월

≪1947년 긴자 거리≫

그동안 싸구려 술집을 전전하던 다자이 오사무는 일본 패망 후 문학적 전성기를 맞이하여 화려한 긴자를 들락거리게 됩니다. 왼쪽 시계탑 건물이 와코 백화점으로 당시 일본을 점령한 미군이 PX로 사용하였습니다.

　도쿄는、애처로운 활기를 띠고 있었다、라고 첫머리 첫 줄에 적게 되지는 않을까、생각하며 도쿄로 되돌아왔건만、내 눈에는、웬걸、「도쿄의 삶」은 여전해 보였다。

　나는 그때까지 1년 석 달을、쓰가루 고향집에서 살다가、올해 11월 중순에 처자식을 이끌고 다시 도쿄로 돌아왔는데、와서 보니、마치 이삼 주 짧은 여행에서 돌아온 기분이었다。

　『오랜만에 온 도쿄는、좋지도、나쁘지도 않고、이 도시의 성격은 전혀 변하지 않았습니다。물론 형이하[(1)]적 변화는 있을지언정、형이상[(2)]적 기질에 있어서、이 도시는 변함이 없습니다。바보는 죽어야 낫는다는 말과 비슷한 느낌입니다。조금 더、변해주어도 좋으련만、아니、변해야만 한다는 생각까지 들었습니다。』

　라고 나는 시골 사는 어떤 사람한테 편지를 써서 보내고、

---

(1) 형체를 갖추고 있는 사물에 관한 것. 물질적인 영역.
(2) 이성적 사유 또는 직관에 의해서만 포착되는 것. 철학적인 영역.

그리고, 나 역시 전혀 변한 바 없이, 구루메가스리[1] 평상복에 니쥬마와시[2]를 걸치고, 멍하니 도쿄 거리거리를 돌아다니고 있었다.

12월 초, 나는 도쿄 변두리 어느 영화관(이라기보다는, 활동사진관이라고 하는 편이 딱 어울릴 정도로 아담하고 허름한 가건물이지만)으로 들어가, 미국 활동사진을 보고, 거기서 나온 게, 이미 오후 여섯 시 경, 도쿄 거리에는 저녁 안개가 연기처럼 하얗게 충만하고, 그 안개 속을 검은 옷을 입은 사람들이 바쁜 듯 오가고, 번화가는 벌써 완연한 섣달 분위기였다. 도쿄의 삶은, 역시 조금도 변하지 않았다.

나는 서점으로 들어가, 어느 유명한 유태인의 희곡집을 한 권 사서, 그것을 품에 넣으며, 문득 입구 쪽을 보았는데, 젊은 여자가, 이제 막 날아오르려는 새처럼 서서 나를 쳐다보고 있었다. 입을 작게 벌렸지만, 아직 말을 내지 않는다.

길吉이냐? 흉凶이냐?

옛날에, 쫓아다닌 적이 있지만, 지금은 요만큼도 그 사람을 좋아하지 않는, 그런 여자와 마주치는 것은 최대의 흉. 그리고 나에게는, 그런 여자가 수두룩하다. 아니, 그런 여자뿐이 없다고 해야 맞지.

---

(1) 규슈 후쿠오카 구루메 지방에서 생산하는 특산물로 남색 바탕에 흰 잔무늬가 있는 무명 옷감.
(2) 소매 대신 망토가 달린 외투. 인버네스.

신주쿠 사는、그……、그 사람이면 안 되는데、하지만、그 사람인가?

『가사이 아저씨。』여자는 중얼거리듯 내 이름을 대더니、발을 모으고 가볍게 고개를 숙여 인사했다。

풀색 모자를 쓰고、모자 끈을 턱에 묶고、새빨간 레인코트를 입은、그 사람은 눈앞에서 순식간에 어려지더니、꼭 열두세 살 소녀가 되어、내 추억 속 어떤 영상과 딱 겹쳐졌다。

『시즈에코。』

길눔。

『나가자、나가。아니면 뭐、사고 싶은 잡지라도 있어?』

『아니、「아리엘(1)」이라는 책을 사러 왔는데、뭐、됐어。』

우리는、섣달이 머지않은 도쿄의 거리로 나왔다。

『많이 컸네。못 알아봤어。』

과연 도쿄。이런 일도 다 있다。

나는 노점에서 한 봉지 10엔 하는 땅콩을 두 봉지 사서、지갑을 집어넣고、잠깐 생각하다가、다시 지갑을 꺼내、한 봉지를 더 샀다。옛날에 나는 이 아이를 위해、항상 무언가 선물을 사서、그리고、이 아이 엄마 집에 놀러 가곤 했다。

아이 엄마는、나와 동갑이었다。그리고、그 사람은、내 추억

---

(1) 1935년 일본에서 출간된 프랑스 작가 앙드레 모루아의 1923년 작품 〈아리엘 혹은 셸리의 일생〉으로 추정됨。

속 여자 중에서, 지금 당장 난데없이 마주친대도, 내가 공포,
곤혹을 느끼지 않아도 되는 극히 드문, 아니, 유일한, 사람이
었다. 그건, 왜일까? 지금 임시로 네 개의 답안을 제출해보겠
다. 그 사람은 이른바 귀족 출신에다, 미모가 수려하고 병약
한데, 라고 말해봐야, 그런 조건은, 그저 불쾌하고 시끄러울
뿐이고, 앞서 말한 「유일한 사람」의 자격이 될 수 없다. 돈 많
은 남편과 헤어지고, 몰락하여, 알량한 재산을 가지고 딸하고
둘이서 아파트에 사는데, 하고 길게 말해봐야, 난 여자들 신
세타령에는 요만큼도 관심이 없는 사람이고, 실제로 그 돈 많
은 남편과 헤어진 게 어떤 이유에서인지, 알량한 재산이란 게
얼마인지, 전혀 알지도 못한다. 들어도 잊어버렸겠지. 너무나
여자들에게, 조롱만 당해온 탓인지, 여자가 무슨 가련한 신
세타령을 늘어놓더라도, 다 엉터리 거짓말 같다는 생각이 들
어서, 한 방울 눈물도 흘리지 못하게 되었다. 다시 말해 나는
그 사람이, 출신이 좋다든가, 미인이라든가, 서서히 몰락해
서 불쌍하다든가, 그런, 말하자면 로맨틱한 조건 때문에, 앞
서 말한 「유일한 사람」으로 꼽은 것은 아니었다. 답안은 다음
네 가지 말고는 없다. 첫 번째로, 깔끔한 것을 좋아한다. 외
출하고 돌아오면 반드시 현관에서 손과 발을 씻는다. 몰락했
다고는 해도, 그래도, 번듯한 방 두 개짜리 아파트[1]에 살았는

---

(1) 일본에서는 저층 다세대주택을 아파트라고 부른다.

데、항상 구석구석까지 걸레질이 두루 되어 있고、특히나 부엌
살림이 청결했다。두 번째로、그 사람은 조금도 나에게 반하
지 않았다。그리고 나 또한、조금도 그 사람에게 반하지 않았
다。성욕에 대한、당황스러운、징그러운、성가신、배려인지 자
만인지、속을 떠본다든가、혼자 설친다든가、뭐가 됐든 10년
을 하루같이、아니 10년이 뭐냐、천 년을 하루같이 진부한 남
녀투쟁을 할 필요가 없었다。내가 볼 때、그 사람은、아직 헤
어진 남편을 사랑하고 있었다。그리고、그 남편의 아내였다는
긍지를、가슴 깊은 곳에 간직하고 있었다。세 번째、그 사람은
내 처지에 민감했다。세상만사가 시시해져서、죽겠는데、요즘
기운이 넘치시네요、이따위 말을 들으면 당연히 짜증이 난다。
그 사람은、내가 놀러 가면、항상 그때 내 상황에 딱 맞는 말
을 했다。어느 시대건 진실을 말하면 죽임을 당해요、요한도、
예수도 그랬고、더구나 요한 같은 사람은 부활도 못 했잖아요、
하고 말한 적도 있다。또 살아 있는 일본 작가에 대해서는 한
마디도 한 적이 없다。네 번째、이게 제일 중요한 조건일지도
모르겠는데、그 사람 아파트에는、언제나 술이 넉넉하게 있었
다。나 자신을 그렇게까지 인색하다고 생각하진 않지만、술
집마다 외상이 쌓여 우울할 때는、자연히 거저 술을 얻어먹을
수 있는 곳으로 발길이 향한다。전쟁이 오래 이어지고、일본
에 점점 술이 부족해져도、그 사람 아파트를 찾아가면、반드

시 뭔가 마실 게 있었다. 나는 그 사람 딸한테 변변찮은 물건
을 선물로 들고 가서、그리고、곤드레만드레 취할 때까지 마시
고 왔다. 이상 네 가지가、왜 그 사람이 나에게、조금 전 말한
「유일한 사람」인가 하는 물음에 대한 답안인데、그게 바로 너
희 둘이 연애하는 방식이었던 게 아닐까、하고 물으신다면、나
는、멍청한 표정을 지으며、그럴지도 모르지、하고 대답할 수
밖에 없다. 남녀 사이의 친목은 전부 연애다、그렇게 말한다
면、우리 경우도、뭐 그건 그럴지도 모르지만、하지만 나는、
그 사람 일로 번민했던 적은 한 번도 없었고、그 사람 또한、연
극처럼 복잡한 건 질색했다.

『엄마는? 별일 없고?』

『응。』

『아프진 않고?』

『응。』

『아직、시즈에코랑 둘이 살고?』

『응。』

『집은、가까워?』

『근데、되게、지저분해。』

『괜찮아. 지금 당장 가봐야겠다. 그리고 엄마를 끌고 나와
서、어디 그 근처 요릿집에서 거하게 마시자。』

『응。』

　여자는、점점 풀이 죽는 것 같았다。그리고 조금씩、어른스
러워지는 듯 보였다。이 아이를、엄마 나이 열여덟에 낳았다
고 하니까、엄마가 나와 동갑인 서른여덟이면、그렇다면……。

　나는 우쭐했다。엄마에게 질투를 한다、그런 일도、분명 있
을 수 있다。나는 화제를 바꿨다。

　『아리엘?』

　『그게 이상해。』예상대로、생기가 돌아온다。『예전에、내
가 중학교에 막 올라갔을 때、가사이 아저씨가 아파트에 놀러
와서、여름이었는데、엄마하고 이야기하면서 자꾸 아리엘、아
리엘 그러는 거야、난 그게 무슨 말인지 몰랐지만、이상하게
잊혀지지가 않아서。』갑자기 이야기하기가 싫어졌는지、후우、
하고 말꼬리를 흐리더니、그대로 입을 다물고、잠시 걷다가、
자르듯 말한다。『그거 책 제목이었지?』

　나는 더욱 우쭐해졌다。확실한 것 같았다。엄마는 나한테
반하지 않았고、나 또한 엄마에게 색정을 느낀 적은 없다、하
지만、이 아가씨하고는、혹시……、하고 생각했다。

　아이 엄마는 몰락했어도、맛있는 것을 안 먹으면 못 사는
체질이라、태평양 전쟁이 시작되기 전에、일찌감치 히로시마
인근 맛있는 것이 많이 나는 지역으로 딸과 함께 피난을 갔
고、피난 간 직후에 나는 아이 엄마한테 그림엽서로 짧은 소식
을 받았는데、그 당시엔 나 살기도 힘들었고、피난 가서 느긋

≪다자이 오사무가 즐겨 입던 니쥬마와시≫

하게 지내는 사람한테 답장 같은 걸 쓸 기분도 들지 않아 그냥 저냥 지내는 사이에、내 환경도 자꾸만 바뀌어、결국 5년 동 안、이 모녀와는 소식이 끊어졌던 것이다。

그리고 오늘 밤、5년 만에、더군다나 전혀 뜻하지 않게、나 를 만났으니、엄마가 더 기쁠까 아이가 더 기쁠까、누가 더 기 쁠까? 나는 어째서인지、이 아이의 기쁨이 엄마의 기쁨보다 순수하고 깊을 거라는 생각이 들었다。정말로 그렇다면、나도 이제부터 내 소속을 분명히 해둘 필요가 있다。엄마와 아이에 게 똑같이 반반씩 나뉘어 속하는 건 불가능하다。그럼 오늘 밤부터 나는、엄마를 배신하고、이 아이와 친해질란다。혹 아 이 엄마가、싫은 기색을 보이더라도、상관없어。사랑을、해버 렸으니까。

『언제、이쪽으로 온 거야?』하고 나는 묻는다。

『10월에、작년。』

『아이씨、전쟁 끝나고 바로잖아。하긴、니네 엄마처럼、그 런 사치스러운 양반은、도저히 시골에서 오래 버틸 수가 없을 거야。』

나는、불량배 같은 말투로、엄마 험담을 했다。딸의 환심을 사기 위해서이다。여자는、아니 인간은、부모자식 간에도 서 로 경쟁하는 법이니까。

하지만、딸은 웃지 않았다。헐뜯든、칭찬하든、엄마 이야기

를 꺼내면 안 될 것 같았다. 지독한 질투다、하고 나는 혼자 고개를 끄덕였다.

『용케도 만났네。』 나는、지체 없이 화제를 바꾼다. 『마치 시간을 정하고 그 서점에서 기다린 것처럼 말이야。』

『정말 그러네。』 하고、이번엔 나의 달콤한 감회에 쉽사리 넘어왔다.

나는 여세를 몰아、

『영화 보면서 시간 때우다가、약속 시간 딱 5분 전에 그 서점에서 기다린 것처럼……。』

『영화?』

『응、가끔 보지. 서커스 줄타기 영화였는데、광대가 광대 연기를 하니까、잘 하더라구. 아무리 서투른 배우라도、광대 연기를 하면、괜찮은 맛이 난다니까. 근본이、광대니까. 광대 의 슬픔이、무의식중에、배어 나오는 거겠지。』

연인끼리 화젯거리로는、역시 영화만한 게 없는 것 같다. 묘하게 착 들어맞는다.

『그거、나도、봤어。』

『만난 그 순간、두 사람 사이에 파도가、쏴아 밀려오고、또 뿔뿔이 흩어지는데. 그 부분도、괜찮았어. 그렇게、다시 영원 히 헤어지는 일도、인생에는、있으니까 말이야。』

이 정도 간지러운 말도 눈 깜짝 않고 할 수 있어야、젊은 여자의 애인이 될 수 있는 거다.

『내가 그러니까 1분만 먼저 서점에서 나오고、그 다음에、니가 그 서점에 들어왔더라면、우리는 영원히、아니 적어도 10년 동안은、못 만났을 걸。』

나는 오늘밤의 해후를 될 수 있는 한 로맨틱하게 몰아가려 애썼다.

길은 좁고 어두운데、덤으로 진창도 있어서、우리 둘은 나란히 걸을 수가 없게 되었다. 여자가 앞서고、나는 니쥬마와시 주머니에 두 손을 찔러 넣고 그 뒤를 따르며、

『반 정⁽¹⁾쯤 남았나? 아니면 한 정?』하고 묻는다.

『저기、나、한 정이 얼마쯤인지、몰라。』

나도 실은 마찬가지、거리 측량에 대해서는 고자였다. 하지만、연애할 때 멍청한 인상은 금물이다. 나는、과학자처럼 점잔을 빼며、

『백 미터쯤 되나?』하고 말했다.

『글쎄。』

『미터라면、실감이 나겠지. 백 미터는、반 정이야。』하고 가르쳐 주었는데、왠지 불안해서、몰래 암산을 해봤더니、백 미터는 한 정이었다. 하지만、나는 정정하지 않았다. 연애에 우스꽝스러운 인상은 금물이다.

⁽¹⁾ 1정은 약 109미터.

『아무튼、거의 다 왔어、저기야。』

판잣집、형편없는 아파트였다。어둑어둑한 복도를 지나、다섯 번째인가 여섯 번째 왼쪽 방문에、「진바陣場」라는 귀족의 성씨가 적혀 있다。

『진바 씨!』하고 나는 큰 소리로、방 안을 향해 소리쳐 불러 보았다。

네에、하고 분명히 대답이 들렸다。이어서、문 젖빛유리창에、뭔가 그림자가 움직였다。

『여어、있다、있어。』하고 나는 말했다。

딸은 오도카니 서서、얼굴에 핏기가 가시고、아랫입술이 일그러지는가 싶더니、느닷없이 울음을 터뜨렸다。

엄마는 히로시마 공습 때 죽었단다。숨이 막 넘어가기 직전 헛소리 중에、가사이 씨、하고 내 이름도 불렀다고 한다。

딸은 혼자 도쿄로 돌아왔고、엄마 쪽 친척인 진보당 국회의원、그 사람의 법률사무소에서 일하고 있다고 한다。

엄마가 죽었다는 말을、할 기회를 놓쳐서、어떻게 해야 할지、몰라서、어쨌든 여기까지 데리고 왔다고 한다。

내가 엄마 이야기를 꺼내면、시즈에코가 갑자기 시무룩해진 것도、그런 이유 때문이었다。질투도、사랑도 아니었다。

우리는 방에는 들어가지 않고、그대로 발길을 돌려、역 근처 번화가로 나왔다。

아이 엄마는、장어를 좋아했다.

우리는、장어구이 포장마차의、포렴[1]을 헤치고 들어갔다.

『어서옵셔。』

손님은、서 있는 손님은 우리 둘 뿐이고、포장마차 안쪽에 앉아서 술을 마시고 있는 신사가 하나.

『큰 꼬치 드릴깝쇼、작은 꼬치 드릴깝쇼?』

『작은 걸루다가。3인분。』

『넵、알겠습드아。』

그 젊은 사장은、도쿄 토박이처럼 보였다. 펄럭펄럭 기세 좋게 숯불에 부채질을 한다.

『접시를、세 명、따로따로 줘。』

『엥? 한 분은? 나중에?』

『세 명 있잖어。』나는 웃음기 없이 말했다.

『에?』

『이 아가씨랑、나 사이에、여기 한 사람 더、걱정스러운 얼굴을 한 미인、있잖어。』이번에는 나도 조금 웃으며 말했다.

젊은 사장은、내 말을 어떻게 알아들었는지、

『캬、못 말리겠구만。』

하고 웃으며、머릿수건 매듭 언저리에 한 손을 갖다 댔다.

『요거、있나?』나는 왼손으로 마시는 시늉을 했다.

---

(1) 가게의 추녀 끝에 드리우는 천막.

『최고급으루다가 있습니다요. 아니, 최고급은 아닌가?』

『컵으로 석 잔。』하고 나는 말했다.

작은 꼬치가 세 접시、우리 앞에 나란히 놓였다。우리는、한가운데 있는 접시는 그대로 두고、양 끝에 있는 접시에 각각 젓가락을 댔다。곧이어 찰랑찰랑하게 술이 채워진 컵도 세 개、놓였다。

나는 끝에 있는 컵을 집어 들고、꿀꺽 단숨에 들이켜고서、

『도와주자。』

하고、시즈에코한테만 들릴 만큼 작은 목소리로 말한 다음、엄마 컵을 집어、꿀꺽 들이켜고는、품속에서 아까 산 땅콩 봉지를 세 개 꺼내놓으며、

『오늘밤은、난 이제부터 좀 마실 생각이니까、땅콩이라도 먹으면서 같이 있어줘。』하고 역시나 작은 소리로 말했다。

시즈에코는 고개를 끄덕였고、그 이후로 우리는 한 마디도、아무 말도、하지 않았다。

내가 말없이 네 잔 다섯 잔 연거푸 마시는 사이에、포장마차 안쪽에 앉은 신사가、장어집 사장을 상대로、마구 소란을 피우기 시작했다。정말이지 재미없고、신기할 정도로 서투른、전혀 센스 없는 농담을 하고、그리고 본인이 너무나 재미있다는 듯이 웃고、주인도 예의상 웃고、『뭐라 뭐라 말했는데、그래서 말이지、얼굴이 시뻘개져서 말이지、사과는 귀여워、기

분을 알아주니까 말이야、아하하하、그 녀석 머리가 좋아서
말이야、도쿄 역이 우리 집이라고 했는데 말이지、어이가 없
어서 말이지、우리 두 번째 마누라 집이 마루노우치 빌딩[1]이
라고 했더니 말이야、이번에는 상대방이 어이가 없어서 말이
지……。』 하는 식으로 어디 하나 재미있지도、웃기지도 않은
농담이 끝도 없이、줄줄이 이어지는데、나는 일본 취객의 유
머감각 결여에、새삼스럽지만 진저리가 나서、아무리 그 신사
와 사장이 서로 웃어도、나는、벙긋도 하지 않고 술을 마시며、
포장마차 옆을 지나가는 섣달이 머지않은 사람들의 물결을、
멍하니 바라보고만 있다.

신사는、문득 내 시선을 더듬더니、그리고、나와 마찬가지
로 잠시 포장마차 밖 사람들의 물결을 바라보다가、느닷없이
큰 소리로、

『헬로우、메리、크리스마스。』

하고 외쳤다。미군 병사 지나가고 있었던 것이다。

이렇다 할 이유도 없이、나는 신사의 그 장난에는 웃음을
터뜨렸다。

그 소리를 들은 군인은、어이없다는 표정을 지으며 고개를
젓더니、황새걸음으로 사라진다。

『이거、장어도 먹어버릴까?』

---

(1) 1923년에 준공된 당시 일본 최대 규모의 빌딩.

나는 한가운데 남겨진 장어 접시에 젓가락을 댄다.

『응。』

『반반씩。』

도쿄는 여전하다. 예전과 조금도 다르지 않다.

-(끝)-

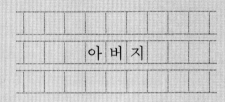

아버지

父

1947년 4월

≪1948년 4월 미타카 자택에서 장녀 소노코를 바라보는 다자이 오사무≫

이삭이 그 아버지 아브라함에게 말하기를、

내 아버지여 하니、

그가 대답하기를、

아들아 내가 여기 있노라、

이삭이 이르되……。

창세기 22장 7절

의義를 위해、자기 자식을 희생하는 일은、인류가 시작되고、바로 그 직후에 일어났다。 신앙의 원조라 불리는 아브라함이、그 신앙의 의를 위하여、자기 자식을 죽이려 했던 일은、구약 성서 창세기에 기록되어 있어 유명하다。

하나님이、아브라함을 시험하시려고 그를 부르시되、

아브라함아、

하시니、

그가 대답하기를、

내가 여기 있나이다.

여호와께서 이르시되、

네 아들 네 사랑하는 외아들、이삭을 데리고 모리아[1] 땅으로 가서 내가 네게 일러준 산에서 그를 번제[2]로 바치라.

아브라함이 아침에 일찍이 일어나、나귀에 안장을 얹고、사랑하는 외아들 이삭을 태우고、하나님이 자기에게 일러주신 산기슭으로 가더니、이삭을 나귀에서 내려、번제에 쓸 장작을 이삭에게 지우고、자기는 불과 칼을 손에 들고、두 사람이 동행하여 산을 오르니라.

이삭이 그 아버지 아브라함에게 말하기를、

내 아버지여 하니、

그가 대답하기를、

아들아 내가 여기 있노라.

이삭이 이르되、

불과 나무는 있사오나 번제할 어린 양은 어디에 있나이까?

아브라함이 이르되、

아들아、번제할 어린 양은 하나님께서 친히 준비하시리라 하고、

---

(1) 솔로몬이 여호와를 위해 성전을 지은 바위 언덕의 이름. 예루살렘 일대 산간 지방으로 추정된다.
(2) 동물을 제단 위에 놓고 불로 태워 연기가 하늘에 올라가 하나님께 바쳐짐을 상징하는 제사.

두 사람이 함께 나아가서、하나님이 그에게 일러주신 곳에
이른지라。

이에 아브라함이、그곳에 제단을 만들어、장작을 쌓아놓고、
그 아들 이삭을 결박하여、제단 장작 위에 누이더니、

곧、아브라함이、손을 내밀어、칼을 들고、그 아들을 잡으려
하니라。

그때、여호와의 사자、하늘에서 그를 불러 이르기를、

아브라함아、

아브라함아、

하는지라。

아브라함이 이르되、

내가 여기 있나이다。

사자가 이르되、

그 아이에게 네 손을 대지 말라、

그에게 아무 일도 하지 말라、

네가 네 외아들까지도、내게 아끼지 아니하였으니、내 이제
야 네가 하나님을 경외하는 줄을 아노라。

어쩌고저쩌고 하는 이야기인데、이삭은 간신히 아버지에게
살해당하지 않고 끝났지만、그러나、아브라함은、신앙의 의를
굳게 지키는 자라는 사실을 증명하기 위해 주저 없이、사랑하
는 외아들을 죽이려 했던 것이다。

　동서양을 막론하고、또 신앙의 대상이 무엇인가를 불문하고、의의 세계는、슬프다.

　사쿠라 소고로[1] 일대기라는 활동사진을 본 것은、내가 일곱인가 여덟 살 때쯤이었는데、나는 그 활동사진 중에、소고로의 유령이 탐관오리를 괴롭히는 장면과、그리고 또 하나、눈 내리는 날 자식들과 생이별하는 장면을、지금도 잊지 못한다.

　소고로가、결국 직접 상소하기로 결의하고、눈 오는 날 길을 떠난다. 자기 집 창문으로、아이들이 얼굴을 내밀고、이별을 슬퍼한다. 아부지이、하고 입을 모아 울며 아버지를 부른다. 소고로는、삿갓으로 얼굴을 가리고、나룻배에 오른다. 하염없이 쏟아지는 눈은、차라리 눈보라다.

　일고여덟 살의 나는、그 장면을 보고 눈물을 흘리긴 했으나、하지만、그것은 울부짖는 아이들을 동정해서가 아니었다. 의를 위해 자식을 버리는 소고로의 괴로운 심정을 생각하니、참을 수가 없었던 것이다.

　그리고、그 이후、나는、소고로를 잊을 수 없게 되었다. 내가 앞으로 살아가는 동안에、반드시 소고로의 생이별처럼、견딜 수 없이 괴로운 일이、두어 번은 틀림없이 있을 거라는 예감이 들었다.

---

(1) 에도시대 전기, 사쿠라 번(현재 치바 현 나리타)의 작은 마을의 영주로 본명 기우치 소고로. 번주인 홋타 마사노부가 자기 휘하 영지에 무거운 세금을 부과하자, 영주들이 단체로 이의를 제기하지만 묵살당한다. 이에 소고로가 대표로 에도(도쿄)로 가서 쇼군에게 직접 상서를 올려 세금은 경감되었으나, 절차를 무시한 죄로 소고로와 처자식 모두 사형을 당했다는 이야기가 전해진다.

  지금까지 나의 40년 가까운 생애에서、행복의 예감은、대
부분 빗나가는 것이 관례가 되어 있지만、불행의 예감은 모조
리 들어맞았다。생이별 장면도、두어 번、은커녕、요 몇 년 사
이에、거의 하루걸러 한 번 꼴로、정말이지 빈번하게 연출되고
있는 것이다。

  나만 없으면、적어도 내 주위 사람들이、평안해지지는 않을
까、안정되지는 않을까。나는 올해로 벌써 서른아홉이 되지
만、내가 지금까지 글로 얻은 수입은 깡그리、나 혼자만을 위
한 유흥에 탕진했다 해도、결코 과언은 아니다。더구나、그
유흥이라는 것은、나에게、지옥같이 고통스러운 홧술과、지긋
지긋하고 무시무시한 마녀들과 드잡이하는 모양새의 외도였기
에、나 자신은、아무런 즐거울 바도 없다。또한、그러한 내 유
흥의 상대가 되어、나의 향응을 받은 지인들도、그저 마음만
조마조마할 뿐、조금도 즐겁지 않은 것 같다。결국、나는 내
수입을 전부 낭비하고도、그 누구 하나 즐겁게 해주지 못하고、
그러면서 아내가 풍로 하나를 사도、이거 얼마냐、비싸다、하
고 잔소리를 해대는 막무가내 가장이다。그러면 안 된다는 것
은、알고도 남는다。하지만 나는、그 버릇을 고칠 수가 없다。
전쟁 전에도 그랬다。전쟁 중에도 그랬다。전쟁 후에도、그렇
다。나는 태어날 때부터 지금까지、정말 골치 아픈 큰 병을 앓
고 있는 건지도 모른다。

태어나자마자 새너토리엄[1] 같은 곳에 입원해서、오늘까지 충분한 요양 생활을 했다 해도、그래도 그 비용은、여태껏 내가 술값 담뱃값으로 쓴 돈의 10분의 1쯤 될까 모르겠다。실로、엄청나게 돈이 많이 드는 중환자다。가족 중에서、이런 중환자가 하나 나온 탓에、나의 식솔들은、모두 야위고、하나같이 조금씩 명이 줄어든 것 같다。내가 죽어야지。글도 거지 같이 쓰면서、걸작이네 뭐네 하고、경박하게 치켜세우는 말은 듣고 싶은 탓에、식구들 명을 줄어들게 하다니、아무리 증오해도 모자란 극악한 인간이 아닌가。뒈져라!

부모가 없어도 아이는 자란다、고 한다。내 경우에는、부모가 있어서 아이가 자라지 않는다。부모가、아이들 저금까지 다 써버리는 꼴이다。

화롯가의 행복。어찌하여 나에게는、그것이 불가능한 것인가。도저히、가만히 앉아 있을 수가 없다。화롯가가、무서워서 견딜 수가 없다。

오후 세 시인가 네 시인가、나는 하던 일을 일단락 짓고 자리에서 일어선다。책상 서랍에서 지갑을 꺼내、내용물을 슬쩍 들춰보고 품에 넣고、말없이 니쥬마와시를 걸치고、밖으로 나간다。밖에서는、아이들이 놀고 있다。그 아이들 중에、내 아이도 있다。내 아이는 놀다 말고、나를 향해 똑바로 서서、내

---

(1) 결핵 환자나 정신병 환자를 치료하기 위해 교외에 마련된 요양소.

얼굴을 올려다본다. 나도、아이 얼굴을 내려다본다. 둘 다 말이 없다. 더러는 내가、소맷자락에서 손수건을 꺼내、흥 해、하고 아이 콧물을 닦아줄 때도 있다. 그리고、부리나케 나는 걸어간다. 아이 간식、아이 장난감、아이 옷、아이 신발、이것저것 사야할 돈을、하룻밤 새 휴지조각인 양 낭비할 장소를 향해、부지런히 걸어간다. 이것이 바로、나의 생이별 장면이다. 한번 나갔다 하면、이틀이고 사흘이고 집에 안 들어가기도 한다. 아버지는 어딘가에서、의를 위해 놀고 있다. 지옥 같은 마음으로 놀고 있다. 목숨 걸고 놀고 있다. 어머니는 단념하고、작은아이를 등에 업고、큰아이 손을 잡고、헌책방에 책을 팔러 나간다. 아버지는 어머니에게 돈을 주고 가지 않으니까.

그리고、올해 4월에는、또 아이가 태어난다고 한다. 안 그래도 없는 옷을、거진、전쟁통에 태워먹었는데、이번에 태어날 아이의 배냇저고리며 이불이며 기저귀며、전혀 변통할 방도를 찾지 못해、어머니는 멍하니 한숨만 짓고 있는 모양이지만、아버지는 그걸 모른 체하고 허둥지둥 외출한다.

방금 전에 나는、「의를 위해」 논다、라고 썼다. 의? 개소리 하지 마. 너는、숨 쉴 자격도 없는 방탕병 걸린 중환자일 뿐이야. 그걸 뭐、의、라고? 도둑이 매를 든다더니、바로 이런 거였구나.

그것은、분명、도둑도 할 말이 있다는 속담과도 비슷하지만、그러나、내 가슴속 흰 비단에、무언가 자잘한 글씨가 가득 적혀 있다. 그 글씨는、무엇일까. 나도 똑똑히 읽을 수는 없다. 예를 들자면、개미 열 마리가、먹물 바다에서 기어 올라오더니、그리고 흰 비단 위를 바스락바스락 작은 소리를 내며 돌아다니면서、뭔가 자잘자잘하게、가늘게、먹물 발자국을 여기저기 어수선하게 찍어놓은 듯한、그런、희미한、근질근질한 글씨. 그 글씨를、전부 판독할 수만 있다면、내가 생각하는 「의」라는 것의 의미 역시、명명백백 모두에게 설명할 수 있으련만、그게 상당히、복잡하고、어렵다.

그렇게 비유를 해서、나는 어물쩍 넘어가려는 게 결코 아니다. 그 글씨를 구체적으로 설명해주기란、어려울 뿐더러、위험하다. 자칫 잘못하면 역겹고 같잖은 허영에 찬 외침으로 들릴 우려도 있고、또는、기가 막히게 뻔뻔스러운 낯짝의 철면피 같은 궤변、혹은、음사사교淫祠邪敎[1]의 붓끝、혹은、허풍선이 사기꾼의 애국 정치담으로 빠질 위험도 없다고는 하지 않겠다.

그런 불결한 벌레와、내 가슴속 흰 비단에 적혀 있는 개미 발자국 같은 글씨는、본질적으로 전혀 다르다는 것에는、나도 확신을 가지고는 있으나、그러나、그걸 설명할 수는 없다. 또、현재、할 생각도 없다. 건방진 말이지만、꽃피는 시절이 오지

---

(1) 올바르지 않은 귀신을 모시는 건전하지 못하고 요사스러운 종교. 사이비 종교.

않으면、명확히 해명할 수 없을 것 같다。

올해 1월、10일 즈음、찬바람 불던 날에、

『오늘만 좀、집에 있어주실래요?』

하고 집사람이 내게 말했다。

『왜?』

『쌀 배급이 있을지도 몰라서요。』

『내가 받으러 가는 건가?』

『그건 아니구요。』

집사람이 이삼일 전부터 감기에 걸려、심하게 기침을 하는 걸、나는 알고 있었다。몸도 성치 않은 사람 보고、배급 쌀을 짊어지고 오라니、잔인하다는 생각도 했지만、하지만、내가 직접 배급 줄 가운데 끼어 있기도、너무 싫다。

『괜찮겠어?』

하고 나는 말했다。

『제가 갈 건데、애들까지 데리고 가기는、힘드니까、당신이 집에 있으면서、애들 좀 보라구요。쌀만 해도、꽤 무거워서。』

집사람 눈에는、눈물이 빛나고 있었다。

뱃속에도 아이가 있고、하나는 등에 업고、다른 하나는 손을 잡고、그리고 자기도 감기기운이 있는데、한 말[1] 가까운 쌀을 짊어지는 고난은、그 눈물을 볼 것도 없이、나도 안다。

---

(1) 약 18리터로 무게로는 약 16kg。

≪1949년 다자이 오사무 1주기, 아버지 비석에 술을 뿌리는 장녀 소노코 양≫

『알았어. 있을게. 집에 있을게.』

그리고、30분 후、

『실례합니다。』

하고 현관에서 여자 목소리가 나서、내가 나가보니、미타카에 있는 어느 오뎅집 여종업원이었다。

『마에다 씨가、와 계세요。』

『어、그래?』

방문 옆 벽에 걸린 니쥬마와시에、내 손은 이미 가 있었다。

퍼뜩、그럴싸한 거짓말도 떠오르지 않아서、나는 옆방에 있던 집사람한테는 한마디도、아무 말도 하지 않은 채、니쥬마와시를 걸치고、그리고 책상 서랍을 휘저어도、돈은 거의 없었기에、오늘 아침에 잡지사에서 막 받은 소액 우편환을 석 장、봉투째 니쥬마와시 주머니에 쑤셔 넣고、밖으로 나왔다。

밖에는、큰딸이 서 있었다。아이가 오히려、난처한 얼굴을 하고 있었다。

『마에다 씨가? 혼자?』

나는 일부러 아이를 못 본 척하고、오뎅집 여종업원에게 물었다。

『네。잠깐이면 되니까、뵙고 싶다고。』

『그래?』

우리는 아이를 남겨두고、서둘러 걸었다。

　마에다 씨는、마흔을 넘긴 여자였다。오랫동안、유라쿠
쵸⁽¹⁾에 있는 신문사에서 일했다고 한다。하지만、지금은 뭘
하는지、나도 모른다。그 사람은、2주쯤 전、연말에、그 오뎅
집에 밥을 먹으러 왔고、그때、나는、친한 동생 둘과 술을 마
시며 잔뜩 취해 있었는데、우연히 그 여자에게 말을 걸었고、
우리 자리에 합석하게 되어、나는 그 사람과 악수를 했다、그
정도 친분밖에 없었지만、

　『노세、노세、이제부터 실컷 노세。』

　하고 내가 그 사람에게 말하자、

　『별로 못 노는 사람들이 꼭、그렇게 벼르더라구요。평소에
는 돈、돈 하면서 일만 하지요?』

　하고 그 사람이 평범한 목소리로、차분하게 말했다。

　나는、가슴이 철렁해서、

　『좋아、그럼 다음에 만나면、내가 철저하게 노는 모습을 보
여드리지。』

　하고 말은 했지만、내심、재수 없는 아줌마라고 생각했다。
내 입으로 말하는 것도 좀 뭐하지만、이런 사람이야말로、제
대로 불건전한 사람이 아닐까 싶었다。나는 고뇌 없는 유흥을
증오한다。잘 배우고、잘 노는、그런 유흥을 긍정할 수는 있어
도、마냥 놀기만 하는 사람、그것만큼 나를 짜증나게 하는 족

---

(1) 도쿄 역과 긴자 사이의 번화가.

속은 없다.

골 빈 년이라고 생각했다. 하지만, 나도 골 빈 놈이었다. 지고 싶지 않았다. 재수 없게 말을 하지만, 이년은, 어쨌거나 속물이 분명하다구. 이다음에, 실컷 끌고 다니면서, 들볶다가, 낯가죽을 홀라당 벗겨주마 생각했다.

언제든 상대해줄 테니, 마음 내킬 때, 이 오뎅집에 와서, 그리고 여종업원을 시켜서 나를 불러내쇼, 하고 말하고, 악수를 하고 헤어진 것을, 나는 고주망태가 되어 있었으나, 잊지 않고 기억한다.

라고 쓰면, 꼭 나 혼자만 고결한, 순진한 아이처럼 보이겠지만, 하지만, 역시, 만취의 업보인 하등하고 추잡한 색욕 때문일지도 모른다. 이를테면, 같은 냄새끼리 끼리끼리 모인다는, 추악한 꼴에 불과했는지도 모른다.

나는, 그 불건전한, 악마의 곁으로 서둘러 외출했다.

『새해 복 많이 받으십시오。』

나는 그렇게 마에다 씨에게, 멋쩍음을 감추려고 말했다.

마에다 씨는, 전에는 양장이었지만, 이번엔 기모노였다. 오뎅집 봉당[1] 의자에 앉아, 담배를 피우고 있었다. 야위고, 키가 큰 사람이었다. 얼굴은 홀쭉하고 창백한데, 분도 입술연지도 바르지 않았는지, 얇은 입술은 허옇게 말라 있는 느낌이었

---

[1] 안방과 건넌방 사이의 마루를 놓을 자리에 마루를 놓지 아니하고 흙바닥 그대로 둔 곳.

다。제법 도수가 높은 근시 안경을 쓰고、그리고 미간에는 깊은 내 천川 자 주름이 파여 있다。한마디로、내가 가장 싫어하는 유형의 얼굴이었다。요전날 밤 술 취한 눈에는、쪼끔 더 괜찮게 보였는데、지금 맨정신으로 찬찬히 뜯어보니、정말이지 온몸이 떨린다。

나는 그저 들입다 컵에 든 술을 고개를 잦혀가며 들이켜고、그리고、주로 오뎅집 여주인과 여종업원을 상대로 수다를 떨었다。마에다 씨는、거의 아무 말도 하지 않고、술도 그리 마시지 않았다。

『오늘 너무 얌전하신 거 아녜요?』

하고 나는 참으로 달갑지 않은 마음에、그렇게 말해보았다。

하지만、마에다 씨는、고개를 숙인 채、훗 하고 웃을 뿐이다。

『실컷 놀자는 약속이었잖아요。』하고 나는 재차 말해보았다。『술 좀 드시죠。요전날 밤에는、꽤 드시드만。』

『낮에는、못 마셔요。』

『낮이든、밤이든、마찬가지잖아요。그쪽은、유흥의 챔피언 아닌가요?』

『술은、플레이에 안 들어가요。』

하고 시건방진 말을 했다。

나는 결국 흥이 깨져서、

『그럼 뭐가 좋을까요? 뽀뽀라도 할까요?』

색골 할멈 년! 이쪽은、자식하고 생이별 장면까지 연출해 가면서、유흥 상대를 해주고 있단 말이다!

『저는、갈게요。』여자는 테이블 위에 놓인 핸드백을 끌어당 기며、『실례했어요。그럴 생각으로、부른 건⋯⋯、』하고 말을 하다가、울상이 되었다。

그것은、아주 추한 얼굴이었다。너무나 추해서、불쌍했다。

『아、미안해요。같이 나갑시다。』

여자는 살짝 고개를 끄덕이고는、일어서서、그리고、코를 풀 었다。

같이 밖으로 나가서、

『나는 야만인이라、플레이고 뭐고 모릅니다。술을 못 마신 다니、난처한데。』

왜 이대로 바로、헤어지지 못하는 걸까。

여자는、밖으로 나오자 갑자기 화색이 돌아、

『망신을 당했네요。그 오뎅집은、제가、전부터 알고 있었는 데、오늘、그쪽을 불러달라고、여주인한테 부탁했더니、아주 기분 나쁜、이상한 표정을 짓더라구요。제가 뭐、내연녀도 아 닌데、불쾌해라。그쪽은、어때요? 내연남인가요?』

점점 꼴같잖은 말을 한다。하지만、그래도 나는、아직 안녕 을 고하지 못했다。

『놉시다。뭔가 플레이에 대한 굿아이디어 없습니까?』

하고, 마음하고 정반대의 말을, 발치의 돌멩이를 차면서 내뱉었다.

『저희 집에 안 가실래요? 오늘은, 처음부터, 그럴 생각이었어요. 집에, 재밌는 친구가 많아요.』

나는 우울했다. 마음이 내키지가 않는다.

『집에 가면, 굉장한 플레이가 있는 건가요?』

피식 웃더니,

『아무것도 없어요. 작가란, 의외로 현실주의자네요.』

『그거야 뭐……。』

하다가 나는, 말을 삼키고 입을 다물었다.

있다! 있어! 몸이 성치 않은 집사람이, 하얀 가제[(1)] 마스크를 쓰고, 작은아들을 등에 업고, 찬바람을 온몸으로 맞으며, 쌀 배급 줄 속에 서 있었다. 집사람은, 나를 못 본 척하고 있었지만, 그 옆에 서 있는 큰딸은, 나를 발견했다. 딸내미도, 엄마 흉내를 내려고, 작고 하얀 가제 마스크를 썼다. 그런데 백주 대낮에, 술에 취해서 이상한 아줌마와 걸어가는 아버지를 보고 달려들 기세라, 아버지는 숨이 멎을 뻔했지만, 엄마는 별일 아니라는 듯, 딸내미 얼굴을 포대기 자락으로 덮는다.

『따님 아니세요?』

『농담도.』

---

(1) 얇고 올이 성긴 가벼운 직물. 붕대나 손수건으로 쓰인다.

웃으려 했지만, 입꼬리가 실룩거렸을 뿐이다.

『하지만, 느낌이 왠지……。』

『놀리지 맙시다。』

우리는, 배급소 앞을 지나갔다.

『댁은, 멀었나?』

『아뇨, 바로 요기요。갈래요? 친구들이 좋아할 거예요。』

집사람에게 돈을 주지 않고 나왔는데, 괜찮을까. 나는 진
땀을 흘리고 있었다.

『갑시다。가다가 어디, 위스키라도, 파는 가게 없으려나?』

『술이라면, 제가, 준비해놨어요。』

『얼마나?』

『현실주의자시네요。』

아파트、마에다 씨 방에는, 서른은 진즉에 넘었고, 예상했
던 대로 아무리 봐도, 칠칠치 못한 느낌의 여자가 둘, 놀러 와
있었다. 그리고 여자다운 매력도 전혀 없고, 아니, 여자다운
매력이 지나쳐서 미친 것 같다, 고나 할까, 남자보다 더할 만
큼 거친 말투로 나에게 말을 걸고, 또 여자들끼리, 철학인지
문학인지 미학인지, 무슨 소린지, 전혀 말이 안 되는, 한심하
기 짝이 없는 논쟁을 격렬하게 주고받는다. 지옥이다, 지옥이
야, 생각하면서, 나는 적당히 맞장구를 치고 술을 마시고, 쇠
고기 전골을 휘휘 젓고, 떡국을 먹고, 고타쓰[1]에 기어들어가

고、자고、집으로 돌아가려 하지를 않는다.

의。

의란?

해명할 수는 없지만、하지만、아브라함은、외아들을 죽이려 했고、소고로는 자식들과 생이별을 했고、나는 오기를 부리며 지옥으로 빨려 들어갈 수밖에 없는、그 의、의란? 아아、이럴 수도 저럴 수도 없는 남자들의、애처로운 약점과 닮았구나.

-(끝)-

---

(1) 전열기 혹은 화로를 나무상자나 도기 그릇 안에 넣어 테이블 아래 두고 이불을 덮어 발을 따뜻하게 하는 일본의 난방기구.

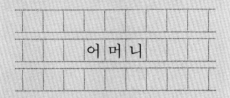

어머니

母

1947년 3월

《병약한 어머니 대신 다자이 오사무를 키워준 이모 기에》

쇼와 20년(1945년) 8월부터 약 1년 3개월 정도, 혼슈 북쪽 끄트머리 쓰가루 고향집에서, 말하자면 피난살이를 했는데, 그동안 나는, 거의 집 안에만 있고, 여행 같은 여행은, 한 번도, 하지 않았다. 언젠가, 쓰가루 반도의 일본해 쪽, 어느 항구 마을[1]에 놀러 가긴 했지만, 그래 봐야, 내가 피난 살던 마을에서 기차로, 고작 서너 시간, 「외출」이라고 하는 게 나을 만큼 짧은 여행이었다.

그렇지만 나는, 그 항구 마을 어느 여관에 하룻밤을 묵으며, 애화哀話, 비슷한 기묘한 사건을 접했던 것이다. 그걸, 쓰겠다.

내가 쓰가루에 피난 갔을 무렵에, 내 쪽에서 먼저 누군가를 찾아간 적은, 거의 없었고, 또, 나를 찾아오는 사람도 별로 없었다. 그래도 이따금씩, 전쟁 나갔다 돌아온 젊은이들이,

---

(1) 다자이 오사무의 피난처에서 약 15km 서쪽에 위치한 항구 마을 아지가사와로 추정됨.

소설 이야기 좀 해주세요, 하며 오기는 온다.

『지방 문화、라는 말을 많이 하는 것 같던데요、선생님、그건、뭔가요?』

『으음、나도 잘은 모르겠지만 말이야。예를 들면、지금 이 지방에는、탁주가 많이 나잖어? 기왕 만드는 거、맛있게、그리고 많이 마셔도 숙취가 안 남게、질 좋은 탁주를 만든다。탁주만이 아니라、딸기주、오디주、머루주、사과주、뭐 여러 가지 연구를 해서、취했을 때 기분이 좋게 고급으로 만든다、음식도 마찬가지로、이 지방에서 나는 먹거리를、가능한 한 맛있게 먹을 수 있도록、독특한 아이디어를 짜낸다、그리고 모두 기분 좋게 먹고 마신다、뭐 그런 게 아닐까?』

『선생님은、탁주 같은 거 드십니까?』

『못 마실 것도 없지。그렇게、맛이 좋다고는 생각 안 하지만 말이야。취하면 머리도、아프고。』

『근데、좋은 것도 있어요。청주하고 거의 똑같은 것도、요즘 나오더라구요。』

『그래? 그게 바로、지방 문화의 진보라는 걸지도 모르지。』

『다음에、선생님 댁에 좀 가지고 와도 될까요? 선생님、드실래요?』

『그야、좋지。먹어 줌세。지방 문화 연구를 위해서니까。』

며칠 후、그 청년은、물통에 술을 담아 왔다.

나는 마셔보고,

『조오타。』

하고 말했다.

청주처럼 맑고 투명한데、청주보다 훨씬 짙은 호박색에 알
코올 도수도 꽤 높은 것 같았다.

『우수하지요?』

『음。우수해。지방 문화 얕보지 마라、이거군。』

『그리고、선생님、이거 뭔지 아시겠어요?』

청년은 들고 온 도시락 통 뚜껑을 열어 탁자 위에 놓았다.

나는 딱 보고,

『뱀이네。』

하고 말했다.

『맞습니다。살무사 양념구이예요。이 또한、지방 문화 중
에 하나가 아닐까요? 이 지방 산물을、가능한 한 맛있게 먹을
수 있도록、독특한 아이디어를 짜낸 결과、이런 게 나왔습니
다。지방 문화 연구를 위해서라도、잡숴보세요。』

나는、눈 딱 감고、먹었다.

『어떤가요? 맛있지요?』

『음。』

『정력이、솟을 겁니다。이걸、한 번에 다섯 치 이상 먹으면、
코피가 터져요。선생님 방금、두 치 드셨으니까、아직은 괜찮

구요。두 치만 더 드셔보세요。네 치 정도 드시면、딱 몸에 좋
을 거예요。』

　나는 하는 수 없이、

　『그럼、두 치 더、먹어보지。』

　하고、먹었다。

　『어떻습니까? 몸이、후끈후끈해지지 않나요?』

　『음。후끈후끈해지는 것 같다。』

　갑자기 청년은、소리 내어 웃었다。

　『선생님、죄송합니다。그거、구렁이예요。술도、탁주가 아
니라 최고급 청주에 제가 위스키를 탔습니다。』

　하지만、나는 그 후로、그 청년과 친한 사이가 되었다。나
를 이렇게 멋지게 속이다니、싹수가 있어 보인다。

　『선생님、다음에 저희 집에 놀러 오세요。』

　『귀찮아。』

　『지방 문화가 풍부하게 있습니다요。청주에、맥주에、위스
키에、생선에、고기도。』

　청년의 이름은 오가와 신타로。일본해에 면한 어느 항구
마을、여관집 외아들이라는 사실을、나는 알고 있었다。

　『그걸 미끼로、좌담회 같은 거 하라는 거 아니야?』

　나는、흔히 말하는 문화 강연회다、좌담회다、그런 데 나가
서、사람들한테 민주주의의 의의 같은 소리를 씨불여대는 건、

딱 질색이다. 마치 내가 가짜、너구리 요괴[1]가 된 것 같아、견딜 수가 없다.

『설마、선생님 말씀 듣자고 올 사람이、있을라구요。』

『그렇지도 않을 걸。지금 자네도、내 이야기를 들으러 이렇게 종종 찾아오잖아。』

『아뇨。저는、놀러 오는 거예요。노는 법을 연구하러 오는 거라구요。이것도 문화 운동의 하나잖아요?』

『잘 배워서、잘 논다、이건가? 그런 아이디어、그래도、나쁘진 않아。』

『그러면、저희 집에、큰 의미 두지 마시고、한번 놀러 오시는 것도 괜찮지 않습니까? 누추한 집이지만、바다에서 막 잡아 올린、생선 맛 하나는 제가 보증하겠습니다。』

나는 가기로 했다.

내가 피난 살던 마을에서、기차로 서너 시간、어느 항구 마을 역에 내리자、오가와 신타로 군은、말쑥한 양복 차림으로 마중을 나와 있었다.

---

(1) 옛날 어느 마을 묘지의 커다란 팽나무 아래 못된 너구리 요괴가 살고 있었는데, 헤이하치라는 용감한 청년이 요괴를 퇴치하겠다며 도끼를 들고 묘지로 갔다. 팽나무 위에 올라가 밤이 깊도록 요괴가 나타나기를 기다리고 있는데 갑자기 아버지가 나타나 어머니가 위독하다며 집으로 돌아가자고 했지만, 너구리 요괴의 잔꾀라고 생각한 헤이하치는 나무에서 내려오지 않았다. 그러자 이번엔 형제들이 나타나 어머니가 돌아가셨으니 집으로 돌아가자고 설득했지만 역시 그는 내려오지 않았다. 잠시 후 마을 사람들이 나타나 끝내 어머니가 돌아가셨다며 나무 밑에 어머니의 시신을 묻고 가버리자 헤이하치는 정말로 어머니가 돌아가신 줄 알고 후회한다. 그런데 이때, 무덤에서 어머니의 유령이 튀어나와 불효자를 벌해야겠다며 헤이하치에게 달려들었다. 놀란 헤이하치는 도끼를 던져 어머니의 유령을 쓰러뜨린 후, 그 시체를 부둥켜안고 울다가 지쳐 잠이 들었다. 해가 뜨자 묘지로 찾아온 마을 사람들은 헤이하치가 수백 년 묵은 너구리 시체를 안고 잠이 든 모습을 보고 크게 놀랐다는 이야기.

『자네, 이렇게 멋진 양복이 있으면서, 우리 집에 올 때는, 왜 그런, 꼬질꼬질한 군복 쪼가리를 입고 오는 겐가?』

『일부러 꾀죄죄하게 입고 가는 거예요. 미토 고몬[1]이나, 사이묘지 뉴도[2]도, 여행할 땐, 일부러 지저분한 차림새로 가잖아요? 그래야, 여행이 더 재밌어집니다. 잘 노는 사람이, 행색은 초라한 법이죠.』

구정 무렵이라, 항구 마을 눈 쌓인 길은, 어쩐지 들떠 있는 사람들로 붐볐다. 날은 흐렸지만, 생각보다 푸근해서, 눈길에서 따끈따끈한 김이 피어오르고 있다.

바로 오른쪽으로 바다가 보인다. 겨울의 일본해는, 거무칙칙하고, 철썩철썩 투박하게 몸부림치고 있다.

바닷가 눈길을, 나는 고무장화를 신고, 오가와 군은 보드득보드득 소리가 나는 붉은 가죽 단화를 신고, 어슬렁어슬렁 걸으면서,

『군대에서는, 죽도록 뚜드려 맞았거든요.』

『그래, 그랬을 거야. 나도 이걸 확, 할 때가 있으니까.』

『건방져 보여서 그런가? 하지만, 군대는 거지같다구요. 제가 요번에 군대 갔다 돌아와서, 오가이[3] 전집을 읽다가, 오가

---

(1) 본명은 도쿠카와 미쓰쿠니. 도쿠카와 이에야스의 손자이자 미토 번의 번주. 신분을 숨기고 두 가신과 함께 전국을 떠돌며 악을 벌하고 백성을 구제하는 이야기가 유명하다.
(2) 가마쿠라 막부 5대 집권자 호죠 도키요리. 여러 지역을 시찰하며 민심을 살폈다.
(3) 모리 오가이. 일본의 소설가. 나쓰메 소세키와 함께 근대 일본 소설의 거장으로 불린다. 러일전쟁 당시 군의관으로 복무했으나 각기병에 대한 잘못된 지식으로 수많은 병사들을 희생시켰다.

이가 군복 입은 사진을 보고、오만 정이 다 떨어져서、전집을
몽땅 헐값에 팔아치웠습니다。오가이가、싫어졌어요。죽어도
안 읽을랍니다。그따위、군복 같은 거나 입고 있으니。』

『그렇게 싫으면、자네도、안 입으면 되잖아。초라한 행색
니 똥이다。』

『너무너무、싫어서 입고 다니는 겁니다。선생님은 모르실
걸요。아무튼 여행은、굴욕스러운 일이 많잖아요。군복은 그
런 굴욕하고、딱 어울리니까、그래서、그렇기 때문에、모르시
려나、작가 방문 같은 것도 일종의 굴욕이니까요。아니、굴욕
중의 굴욕인가?』

『그런 시건방진 소릴 해대니까、처맞지。』

『그런가요? 정떨어지네요。사람을 때리다니、정신병자 아니
고서는 못할 짓 아닌가? 제가요、군대에서、너무 많이 맞아서、
나도 정신병자 흉내를 내야겠다 싶어서、고민하다가、양쪽 눈
썹을 싹 밀고 상관 앞에 섰던 적도 있습니다。』

『거 참、간 큰 짓을 했구만。상관도 황당했겠어。』

『황당해하더라구요。』

『그럼 그 후로는 안 맞았겠구만。』

『아뇨、더 심하게 때리던데요。』

오가와 군 집에 도착했다。산을 등지고、바다를 바라보는、
말쑥한 여관이다。

그의 서재는、뒤채 2층에 있었다。명창정궤明窓淨机[1]、필연
지묵筆硯紙墨[2]、개극정량皆極精良[3]、이라고나 할까、너무 과하게
정리정돈이 되어 있어、오히려 오가와 군이 이 방에서는 전혀
공부를 안 하는 게 아닐까 하는 생각이 들 정도였다。

장식단 기둥에、샤라쿠[4]의 판화가、은색 액자에 넣어져 걸
려 있었다。그것은、하늘에서 떨어진 덴구[5] 같은、그로테스크
한、가부키 배우의 초상화다。

『닮았지요? 선생님하고 똑같이 생겼어요。오늘 선생님 오
신다고 해서、특별히 이걸 여기다 걸어놨습니다。』

나는 별로、고맙지 않았다。

우리는 책상 옆에 화로를 끼고 앉았다。책상 위에는 책이
한 권、펼쳐져 있었다。방금 전까지도 읽고 있었다는 걸 보여
주려는 의도일지도 모르지만、이 또한、너무나도 단정히 펼쳐
진 채 놓여 있어서、오히려、그 책을 한 페이지도 안 읽은 게
아닐까 하는 무례한 의심이 절로 샘솟는 것을 금할 길 없을 정
도였다。

내가 책상 위를 흘끔 보고 엉겁결에 입을 삐쭉인 것을、곧바
로 그는 알아챘는지、분연히、라고 형용하고 싶을 만큼 기세

---

(1) 밝은 창에 깨끗한 책상이라는 뜻으로, 검소하고 깨끗하게 꾸민 방을 비유적으로 이르는 말.
(2) 붓과 벼루, 종이와 먹을 아울러 이르는 말.
(3) 모두 지극히 정교하고 훌륭하다는 말.
(4) 도슈사이 샤라쿠. 1794년 5월 에도에 갑자기 나타났다가 사라진 정체불명의 천재 우키요에 화가.
(5) 일본 민간에 전해 내려오는 신 또는 요괴로 산신령 혹은 인간을 잘못된 길로 이끄는 마물로 묘사
된다. 산에서 도를 닦는 수행자처럼 옷을 입고 날개가 달렸으며 얼굴이 빨갛고 코가 매우 높다.

좋게、책상 위의 책을 집어 들더니、

『괜찮은 소설이더군요、이거。』

하고 말했다.

『나쁜 소설은、안 권해。』

그 책은、어떤 책을 읽어야 좋겠느냐는 그의 질문을 받고、내가、꼭 읽어보라고 추천한 단편집이었다.

『정말 대단한 작가예요。저는 여태 모르고 있었어요。진작 읽었으면 좋았을 텐데。만세일계[1]란、이런 작가를 두고 하는 말입니다。이 작가에 비하면、선생님은 거지 같아요。』

그 단편집의 저자가、만세일계인지 어떤지、그거야 오가와 군의 언론의 자유가 시키는 바일 테니、애써 불문에 붙인다손 치더라도、그에 비하면 내가 거지라는 판단에는 동의할 수 없는 부분이 있었다。나이 어린 놈하고、너무 친해지면、자칫 이런 거북한 꼴을 당하기 십상이다.

나는 한 번 더 여관 대문으로 다시 들어와서、이번에는 생판 모르는 여행객으로 여기에 묵다가、무슨 수를 써서라도 계산은 깔끔하게 하고、그리고 팁을 싫다고 할 때까지 듬뿍 주고、이 새끼랑은 한마디도 섞지 않고 돌아가버릴까 하고도 생각했다.

『과연 우리 선생님、눈이 높으시구나 했습니다。정말、이

---

(1) 수천 년 동안 이어진 고귀한 혈통이라는 뜻. 여기서는 매우 훌륭한 사람이라는 뜻으로 쓰였다.

≪샤라쿠의 우키요에 三世大谷鬼次の奴江戸兵衛≫

얏코 에도베를 연기하는 삼대 오타니 오니지

거、재미있었어요。』

　오가와 군은、하지만、다른 뜻 없다는 듯、그렇게 말한다。

　내가、너무 뒤틀려 있는 건가? 하고 나는 다시 생각했다。

『도련님。』

　하고 장지문 뒤에서、여자가、오가와 군을 불렀다。

『뭔데。』

　하고 대답하며 장지문을 열고、복도로 나가서、

『음、그래、그래、그렇지。도테라[(1)]? 당연하지。서둘러。』

　그런 말을 하고 있다。

　그리고、방 밖에서 나에게、

『선생님、탕으로 가시지요。도테라로 갈아입고 계세요。저도 지금、갈아입고 올 테니。』

『실례합니다。저희 여관을 찾아주셔서 감사합니다。』

　마흔 전후、갸름한 얼굴、옅은 화장、여종업원이、도테라를 가지고 방으로 들어와、내가 옷 갈아입는 것을 도와주었다。

　나는、사람 얼굴이나 복장보다는、목소리에 신경 쓰는 체질인가 보다。목소리가 나쁜 사람이 옆에 있으면、이상하게 까칠해져서、술을 마셔도 곱게 못 취하는 체질。그 마흔 전후의 여종업원은、얼굴은 둘째 치고、나쁘지 않은 목소리를 냈다。도련님、하고 장지문 뒤에서 불렀을 때부터、나는 그런 생각이

---

(1) 솜을 넣어 누빈 일본 전통 방한복。겨울에 잠옷으로 입기도 한다。

들었다.

『손님은, 여기 분이신가요?』

『아뇨。』

여자는 나를 목욕탕으로 안내했다。하얀 타일을 붙인 서양식 목욕탕이었다。

오가와 군과 둘이、맑고 깨끗한 물에 들어가 몸을 덥히면서、자네 집은、잠만 자는 여관은 아니지 않나? 하고 오가와 군에게 말하여、내 감각을 얕봐서는 안 되는 이유를 보여주고、그로써 조금 전 거지 같다는 말의 앙갚음을 해줄까도 생각했지만、역시 참을 수밖에 없었다。딱히 확증이 있어서 그런 건 아니다。그냥 문득 그런 느낌이 들었을 뿐이고、만약 아니라면、그에게 사과할 수도 없을 만큼 무례한 질문을 해버린 셈이 된다。

그날 밤은、지방 문화의 정수를 만끽했다。

깨끗한 목소리를 가진 40대 여종업원은、날이 저물자、짙은 화장을 하고 입술연지도 선명하게 바르고、그리고 술과 요리를 우리 방으로 날라 와서는、사장님 분부인지 아니면 도련님의 명령인지 모르겠지만、방문 앞에 음식을 둔 채 절을 하고、말없이 그대로 물러가버린다。

『자네 나를、색골이라고 생각하겠지。어떤가?』

『그야、색골이겠지요。』

『사실은、색골이야。』

　라는 말로、여종업원에게 술 시중이라도 들게 하려고 에둘러 수수께끼 같은 걸 내본 건데、그는 의식적인지、아니면 무의식적인지、전혀 그걸 눈치 채지 못했다는 얼굴로、이 항구 마을의 흥망성쇠에 얽힌 역사를、주저리주저리 늘어놓을 뿐이라、나는 실망했다。

　『아아、취한다。그만 잘까。』

　나는 말했다。

　현관 2층、아마도 이 여관에서 가장 좋은 방이리라、다다미 스무 장쯤 되는 커다란 방 한가운데、홀로 나동그라졌다。나는 괴로울 정도로 만취했다。지방 문화、얕보지 마라、나무아비타불、나무아비타불……、잠꼬대처럼 두서없는 혼잣말을 중얼거리다가、어느 틈에 잠이 든 것 같다。

　문득、잠이 깼다。잠은 깼지만、그렇다고、눈을 뜬 건 아니다。눈을 감은 채 정신을 차리니、제일 먼저 파도 소리가 귀에 들어오고、아아 여기는、항구 마을 오가와 군 집이지、간밤에는 꽤나 폐를 끼쳤구만、하는 생각이 드는 부분부터 후회가 되기 시작하는데、나중에 어떻게 될지 어쩐지 불안하여 가슴이 두근거리고、갑자기、무려 20년 전 일이지만 내가 저질렀던 이상하게 마음에 걸리는 사건 하나가、앞뒤 아무런 연관도 없이、또렷한 빛깔로 떠올라、악 하고 소리를 지르고 싶은 마음

을 억누를 수가 없어、 안 돼! 소용없어! 하고 나지막이 입 밖
에 내어 보기도 하면서、 이불 속에서 데굴데굴 구르고 있다.
진탕 취해서 잠들면、 언제나 꼭 밤중에 정신이 들고、 두세 시
간 동안 이처럼 견디기 힘든 형벌을 신으로부터 부여받는 것
이、 지금까지 나의、 관례가 되어 있다.

『조금이라도、 자야지요。』

생각할 것도 없이、 그 여종업원의 목소리다. 하지만、 나한
테 하는 말이 아니다. 내 이불 끝자락에 맞닿은 옆방에서、 속
닥거리는 소리가 새어 나오는 것이다.

『예、 좀처럼、 잠이 안 오네요。』

젊은 남자、 아니、 거의 소년 느낌이 나는 남자의、 거부감 없
는 대답이다.

『잠깐 눈 좀 붙이세요. 몇 시지요?』 하고 여자.

『세 시、 13、 아니 14분입니다。』

『그래요? 그 시계는、 이렇게、 새카맣게 어두운 데서도 보이
나요?』

『보여요。 형광판이라는 건데요. 봐요、 자、 반딧불 같지요?』

『정말. 비싸겠네요。』

나는 눈을 감은 채、 몸을 뒤척이며、 생각한다. 뭐야、 역시、
그랬잖아. 작가의 직관 얕보지 마라. 아니、 색골의 직관 얕보
지 마라、 인가? 오가와 녀석、 나한텐 거지 같다고 하면서、 자

기는 대단히 고결한 사람처럼 점잔을 떨더라니、봐라、여기 여종업원은、손님하고 같이 자고 있잖아。내일 아침 되자마자、이 일을 들먹여서、그 자식을 당황하게 만드는 것도 꽤나 재미있겠군。

아직도 소곤소곤 옆방에서、둘의 목소리가 새어 나온다。

대화를 듣고、남자가 항공병이라는 것、그리고 이제 막 귀환 조치되어、어젯밤 이곳 항구 마을에 도착했는데、고향은 30리(12km) 정도 더 걸어가야 하는 외딴 마을이라、여기에서 잠깐 쉬고、날이 밝는 대로 고향집으로 출발할 예정이라는 것、두 사람은 어젯밤 처음 만나、딱히 아는 사이는 아닌지、서로 약간 조심스럽다는 것 등등을 알게 되었다。

『일본의 여관은、좋네요。』하고 남자。

『왜요?』

『조용하잖아요。』

『하지만、파도 소리、시끄럽지요?』

『파도 소리는、익숙해요。내가 태어난 마을에서는、훨씬 더 파도 소리가 크게 들려요。』

『아버님、어머님、많이 기다리시겠네요。』

『아버지는、안 계세요。돌아가셨어요。』

『어머님만 계세요?』

『예。』

『어머님은、연세가?』하고 가볍게 물었다。

『서른여덟이요。』

나는 어둠 속에서、번쩍 눈을 뜨고 말았다。저 남자가、스무 살 정도라고 하면、그 어머니 나이는、그래 그럴 수도 있지、그렇겠지、이상할 거 없지、라고 생각은 들지만、그러나、서른여덟은 옆방의 나에게도、쇼크였다。

『……。』

말줄임표라도 써줘야 할 것 같다。역시나 여자는 말을 잇지 못했다。깜작 놀라 숨을 삼킨 여자의、그 희미한 기척이、어둠을 뚫고 옆방에 있는 나의 호흡과 딱 맞아떨어진 느낌이 들었다。무리도 아니지、저 여자는 서른여덟이나 아홉일 테니。

서른여덟이라는 말에、숨을 삼킨 것은、여종업원과、그리고 옆방의 색골 선생뿐、젊은 귀환병은、아무것도 모른다。

『아까、손가락을 데었다고 했잖아요。어때요、아직도、아픈가요?』

하고、태연하게 묻는다。

『괜찮아요。』

내 기분 탓일까、그 목소리、꺼질 듯 기운이 없다。

『화상에、아주 잘 듣는 약이 있는데。저 배낭에 들어 있어요。발라줄까요?』

여자는 아무 대답도 하지 않는다。

『불을 켜도 될까요?』

남자가 일어난 것 같다. 배낭에서、그 화상약을 꺼내려나
보다。

『괜찮아요、추워요。자요。안 자면、몸에 안 좋아요。』

『하룻밤쯤이야 안 자도、난 끄떡없어요。』

『불、켜지 마세요!』

날이 선 말투였다。

옆방 선생은、홀로 고개를 끄덕인다。불을、켜면 안 돼。성
모를、밝은 곳으로 끌어내지 마!

남자는、다시 이불 속으로 들어간 모양이다。그리고、잠시、
두 사람은 말이 없다。

남자는、이윽고 나지막이 휘파람을 불었다。전쟁 때 유행했
던 「소년 항공병의 노래」 같았다。

여자가、한마디 툭 던진다。

『내일은、곧장 집으로 가세요。』

『예、그러려구요。』

『딴 길로 새면 안 돼요。』

『안 새요。』

나는、깜빡 잠이 들었다。

눈을 떴을 때는、이미 오전 아홉 시가 넘었고、옆방 젊은 손
님은 떠나고 없었다。

이불 속에서 꾸물꾸물하고 있자니、오가와 군이、코로나[1]

대여섯 대를 한 손에 쥐고 내 방으로 왔다.

『선생님、일어나셨습니까。간밤에는、편히 주무셨습니까?』

『음。푹 잤어。』

나는 옆방에서 있었던 일을 고자질해서 오가와 군을 당황

하게 만들려던 계획을 포기했다。그리고 말했다.

『일본의 여관은、좋구만。』

『왜요?』

『음。조용하잖어。』

-(끝)-

---

(1) 1946년에 발매되어 1947년까지 판매된 담배.

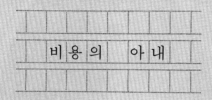

비용의 아내

ヴィヨンの妻

1947년 3월

≪다자이 오사무의 아내 이시하라 미치코≫

교육자 집안에서 태어난 전통적인 일본 여성으로 사범학교 졸업 후 여학교에서 역사와 지리를 가르쳤습니다. 남편의 손은 오직 글을 쓰기 위한 것이므로 집안일에 시간과 재능을 낭비해서는 안 된다며 다자이의 글쓰기를 전폭적으로 지원했습니다. 그녀와 결혼 후 다자이는 많은 작품을 발표하며 문학 인생의 전성기를 맞이하게 되었습니다.

(1)

소란스레、현관문 여는 소리가 들리고、저는 그 소리에、눈을 떴습니다만、그것은 술이 떡이 된 남편의、밤늦은 귀가임이 뻔하므로、그대로 말없이 누워 있었습니다。

남편은、옆방에 전등을 켜고、하악하악、하고 무시무시하게 거친 숨을 몰아쉬며、책상이며 책장이며 서랍이란 서랍은 죄다 열어 휘저으면서、뭔가를 찾고 있는 것 같은데、이윽고、털썩 다다미에 주저앉는 소리가 들리더니、그 후로는 그저、하아하아 하는 거친 숨소리뿐、무얼 하는 건지、제가 누운 채로、

『왔어요? 밥은、드셨고? 찬장에、주먹밥 있는데。』

하고 말하자、

『어、고마워。』하고 전에 없이 살갑게 대답을 하고는、『아들 내미는 어때? 열은、아직 있나?』하고 묻습니다。

이것도 드문 일입니다。아이는、내년에 네 살이 되지만、영양부족 탓인지、아니면 남편의 주독 탓인지、병독 탓인지、다른 집 두 살배기 아이보다도 작을 지경에다、걸음걸이마저 불안하고、말하는 것도 「음마암마」라든가、「시여시여」정도가 고작이라、뇌에 병이 있는 건 아닐까 싶기도 하고、제가 아이를 목욕탕에 데리고 가서 발가벗겨 안아 올렸는데、너무나 조그맣고 보기 흉하게 비쩍 말라서、서글퍼서、그 많은 사람들 앞에서 울어버린 적도 있습니다。 그리고 이 아이는、늘 배앓이를 했다가、열이 났다가 하는데、남편은 거의 집에 붙어 있지를 않으니、아이를 어떻게 생각하고 있는 건지、아이가 열이 나요、하고 제가 말해도、어、그래? 병원에 데리고 가면 되잖아、하고는、니쥬마와시를 걸치고 어디론가 나가버립니다。 병원에 가고 싶어도、땡전 한 푼 없으니、저는 아들내미 곁에 누워 머리를 말없이 쓰다듬어주는 것 말고는 달리 할 수 있는 게 없습니다。

그런데 그날 밤에는 어찌된 영문인지、이상하게 살갑게、아들내미 열은 어때? 하고 희한하게도 물어보는 지라、저는 기쁘다기보다、왠지 무서운 예감이 들어、등줄기가 서늘해졌습니다。 뭐라 대답할 말도 없어 잠자코 있었는데、그 후로、잠시 동안、오로지、남편의 격렬한 숨소리만 들리다가、

『계세요?』

하고、가느다란 여자 목소리가 현관에서 납니다。 저는、온

몸에 냉수를 뒤집어쓴 것처럼、오싹했습니다。

『계세요? 오타니 씨?』

이번에는、조금 매서운 말투였습니다。동시에、현관문 열리는 소리가 나면서、

『오타니 씨、계시잖아요?』

하고、분명 화난 목소리가 들렸습니다。

남편은、그제야 현관에 나갔는지、

『뭔데?』

하고、심하게 겁을 먹은 듯、얼빠진 대답을 했습니다。

『뭔데、라니요。』하고 여자는、소리를 낮추어 말했습니다。『이런、번듯한 집도 있는 사람이、도둑질을 하다니、어떻게 된 거예요。고약한 농담 집어치우고、그거 돌려주세요。안 그러면、우리、이 길로 당장 경찰에 고소할 거예요。』

『무슨 말이야。도둑질 같은 소리 하지 마。여기는、당신네들이 올 데가 아니야。꺼져! 안 그러면、내가 당신들을 고소해 버릴 테니까。』

그때、또 한 사람、남자 목소리가 났습니다。

『이 양반이、배짱도 좋아。당신네들 올 데가 아니라니、말 잘했다。기가 막히고 입이 막히는구만。다른 것도 아니고。남의 집 돈을、이봐、장난을 쳐도 정도가 있지。지금까지、우리 부부가、당신 때문에、얼마나 고생을 했는지、알어? 근데、

오늘밤처럼 한심한 짓을 저지르다니. 선생、내가 사람 잘못 봤수。』

『억지 쓰지 마。』하고 남편도、기세등등하게 말하지만、그 목소리는 떨리고 있었습니다.『공갈 치지 마。꺼져! 할 말이 있으면、내일 듣겠어。』

『큰일 날 소리를 지껄이는구만、이 양반、이제 봤더니 완전히 악당이네. 그러면 이제 경찰한테 부탁하는 것 말고는 방법이 없어!』

그 말에는、제 온몸에 닭살이 돋을 만큼 엄청난 증오가 서려 있었습니다.

『마음대로 해!』하고 외치는 남편 목소리는 이미 이성을 잃어、공허한 느낌이었습니다.

저는 일어나서 잠옷 위에 하오리[(1)]를 걸치고、현관으로 나가、손님 두 사람에게、

『안녕하세요。』

하고 인사를 했습니다.

『아이구、부인이십니까?』

무릎까지 오는 짧은 외투를 입은 쉰 줄의 얼굴이 동그란 남자가、웃음기 없는 얼굴로 저를 향해 살짝 고개를 까딱이듯 가볍게 인사를 했습니다.

---

(1) 기모노 위에 입는 짧은 덧옷.

여자는 마흔 전후의 마르고 몸집이 작은, 옷차림이 말쑥한 사람이었습니다.

『이런 오밤중에 찾아와서 죄송합니다。』

하고 그 여자는、역시 전혀 웃음기 없이 숄을 벗으며 제 인사에 답했습니다.

그 순간、느닷없이 남편이、게다를 꿰어 신더니 밖으로 뛰쳐나가려 했습니다.

『이크、그렇게는 안 되지。』

남자는、남편의 한쪽 팔을 부여잡았고、두 사람은 잠시 밀치락달치락했습니다.

『놔! 찔러버린다!』

남편의 오른손에는 잭나이프가 빛나고 있었습니다. 그 칼은、남편의 애장품、분명 책상 서랍 속에 있었는데、아까 남편이 집에 돌아오자마자 어쩐지 서랍을 뒤지는 것 같더라니、그렇다면、일이 이렇게 될 것을 미리 알고、칼을 찾아、품에 넣고 기다리고 있었던 것이、틀림없습니다.

남자는 물러섰습니다. 그 틈에 남편은 커다란 까마귀처럼 니쥬마와시 소매를 펄럭이며 밖으로 뛰쳐나갔습니다.

『도둑이야!』

하고 남자는 큰 소리를 지르더니、곧장 밖으로 뛰어나가려고 했지만、저는、맨발로 봉당으로 내려가 남자를 끌어안고 말

리면서、

　『제발 그만두세요。아무도 다치면、안 돼요。뒤처리는 제가
할게요。』

　하고 말하자、옆에서 마흔 줄 여자도、

　『그래요、여보。미친놈이 칼까지 들었어요。무슨 짓을 할지
몰라요。』

　하고 말했습니다。

　『개새끼! 경찰서에 가야겠어。더는 못 봐줘。』

　그 남자는 멍하니 어두운 밖을 보며、혼잣말처럼 그렇게 중
얼거렸지만、이미 온몸에 힘이 빠지고 말았습니다。

　『죄송해요。이쪽으로、들어오셔서、무슨 일인지 말씀해주
세요。』

　하고 말하고 저는 현관 마루로 올라가 웅크려 절을 하며、

　『제가、뒤처리는 할 수 있을지도 모르니까요。안으로、들어
오세요、어서。누추한 집이지만。』

　두 손님은 얼굴을 마주보더니、어렴풋이 고개를 끄덕였고、
그리고 남자는 옷매무새를 고치며、

　『뭐라 말씀하셔도、우리는 이미、마음을 굳혔습니다。하지
만、지금까지의 자초지종은 일단、부인에게 말씀드리지요。』

　『예、예。들어오세요。편하게 생각하세요。』

　『아니、그렇게、편하지는 않지만。』

하고 말하고、남자는 외투를 벗으려고 했습니다.

『그냥、입고 계세요. 추우니까요、정말로、그냥、입고 계세요. 집 안에 불기운이 하나도 없어서요.』

『그럼、이대로 실례하겠습니다.』

『예. 사모님도、그냥 입고 들어오세요.』

남자가 먼저、그리고 여자가、남편이 쓰는 육첩방에 들어왔고、썩어가는 다다미、너덜너덜 찢어진 장지문、다 떨어진 벽、종이가 벗겨져서 안쪽 문살이 드러난 맹장지[1]、한쪽 구석에 책상과 책장、그것도 텅 빈 책장、방 안의 황량한 풍경을 접하고、두 사람은 놀라서 숨을 죽이고 있었습니다.

찢어져 솜이 터져 나온 방석을 저는 두 사람에게 권하며、

『다다미가 더러우니、이거라도、깔고 앉으세요.』

하고 말하고、그리고 다시 두 사람에게 정식으로 인사를 했습니다.

『처음 뵙겠습니다. 남편이 그동안 큰 폐만 끼친 것 같은데、또、오늘밤은 무얼 어쨌기에、저렇게 무서운 짓거리를 하는 건지、차마 드릴 말씀이 없습니다. 워낙에、저렇게、성격이 특이한 사람이라……。』

하고 말을 하다가、말문이 막혀서、눈물을 떨구었습니다.

『부인、정말 실례지만、나이가 어찌 되시는지?』

---

(1) 햇빛을 막으려고 안과 밖에 두꺼운 종이를 겹바른 장지문.

하고 남자는, 찢어진 방석 위에, 양반다리를 틀고 앉아, 팔
꿈치를 무릎 위에 세워, 주먹으로 턱을 받치고, 상반신을 내밀
며 제게 묻습니다.

『저기, 저 말씀이신가요?』

『네。분명 남편 되시는 분이 서른, 이었지요?』

『예, 저는, 그게…… 네 살 아랩니다。』

『그러면, 스물, 여섯, 아휴 이거 너무하네。겨우, 그겁니까?
아니, 그렇겠지요。남편이 서른이면, 그것도 그럴 테지만, 놀
랐네요。』

『저도, 아까부터,』하고 여자는, 남자 등 뒤에 숨어서 얼굴
만 내밀듯이,『감탄하고 있었어요。이렇게 예쁜 부인이 있는
데, 어째서 오타니 씨는, 그런지, 참。』

『병이야, 병。처음엔 그 정도까지는 아니었는데, 점점 심해
졌지。』

하고 말하고는 깊게 한숨을 내쉬더니,

『실은, 부인,』하고 차분한 말투로,『우리 부부는, 나카노(1)
역 근처에서 조그만 요릿집을 하고 있습니다。나도 이 사람도
쵸슈(2) 출신이고, 내 이래 봬도 착실한 장사꾼이었는데, 바람
이 들었다, 고나 할까, 촌구석 농사꾼들 상대로 옹색하게 장

(1) 신쥬쿠 북서쪽의 작은 번화가.
(2) 혼슈 서남단 지역. 현재의 야마구치 현.

사하는 것도 싫증이 나고, 이래저래 20년 전에, 집사람을 데리고 도쿄로 올라와서, 아사쿠사에 있는, 어느 요릿집에서 부부가 함께 남의집살이를 시작했는데, 뭐, 좋은 날도 있고 안 좋은 날도 있고 남들 다 하는 고생도 했지만, 모은 돈도 조금 생겼겠다, 지금 나카노 역 근처에, 쇼와 11년(1936년)이었나, 육첩방 한 칸에 손바닥만 한 봉당이 딸린 아주 작고 허름한 집을 빌려서, 한 번 술값이, 기껏해야 1엔, 2엔 하는 손님들을 상대로, 조촐한 음식점을 개업했는데, 그래도 우리 부부, 돈 한 푼 허투루 쓰지 않고, 착실하게 일해온 터라, 그 덕분인지 소주며 양주며, 생각보다 꽤 많이 사들여 놓을 수 있었으니, 그 이후 술이 부족한 시절이 되고 나서도, 다른 음식점처럼 간판을 바꿔 달지 않고, 간신히 버티며 장사를 계속해왔는데, 또 그리 되다 보니, 단골손님들도 적극적으로 응원을 해주셔서, 흔히 말하는 장교들이 먹는 안주 같은 게, 이쪽으로 흘러 들어 오게끔 길을 터 주신 분도 계시고, 미국, 영국하고 전쟁이 시작되고, 점점 공습이 거세지게 된 후로도, 우리한테야 거치적거리는 자식도 없고, 고향으로 피난 갈 생각도 없으니, 뭐 이 집이 불타기 전까지는 장사를 계속하자, 하는 생각에, 이 장사 하나에만 매달렸는데, 그럭저럭 큰 피해도 입지 않고 전쟁이 끝나서 가슴을 쓸어내리며, 이번에는 대놓고 밀주를 사들여 팔고 있는, 쉽게 말씀드리자면, 그런 일을 하는 사람입니다. 하지만、이렇게 짧게 말씀드리면、이 사람、별반 커다란 고생도 없이、꽤나 운 좋게 살아왔구나 하는 생각이 드실지도 모르겠습니다만、사람의 일생이란 지옥、촌선척마寸善尺魔[1]라 는 말은、정말 맞는 말입니다。한 치의 행복에도 한 자의 마 물이、반드시 들러붙어 오는 법이지요。1년 365일 중에、아무 걱정도 없는 날이、하루、아니 한나절이라도 있다면、그건 행 복한 사람입니다。부인 남편 되시는 오타니 씨가、처음 우리 가게에 온 게、쇼와 19년(1944년)、봄이었나、아무튼 그 무렵 에는 아직、전쟁도 그렇게까지 진 싸움은 아니었고、아니、슬 슬 지고 있었지만、우리는 그런、실체、랄까、진상、이랄까、그 런 건 알지도 못한 채、앞으로 이삼 년만 버티면、어떻게든 대 등한 자격으로、평화협정을 맺을 수 있을 것이다、이 정도로만 생각하고 있었지요。오타니 씨가 처음 우리 가게에 나타났을 때도、아마、구루메가스리 평상복에 니쥬마와시를 걸치고 있 었을 겝니다。하지만、그건 오타니 씨만 그런 건 아니고、아직 그 무렵에는 도쿄에서도 방공복[2]으로 몸을 단단히 싸매고 다 니는 사람은 별로 없었고、대개는 평범한 차림으로 마음 편히 외출할 수 있던 때였으니、우리도、그때 오타니 씨 옷차림을、 딱히 야무지지 못하다고 생각하지는 않았습니다。오타니 씨

---

(1) 좋은 일에는 반드시 나쁜 일이 따르며 세상에 좋은 일은 적고 나쁜 일은 많음을 이르는 말.
(2) 공습으로부터 몸을 보호하고 신속하게 화재를 진압할 수 있도록 차려 입은 옷.

는、그때、혼자가 아니었습니다。부인 앞이지만、아니、이 마
당에 무엇을 숨기랴、깡그리 말씀드립지요。남편은、어떤 30대
여자 손에 이끌려 가게 부엌문으로 살그머니 들어왔습니다。
하긴、뭐 그때는、우리 가게도、매일 대문은 닫아놓고、그 당시
유행어로 말하자면 폐점개업이라는 걸 했는데、극소수 단골들
만、부엌문으로 몰래 들어와서、그리고 가게 봉당에 있는 자리
에서 술을 마시는 게 아니라、안쪽 육첩방에서 불을 끄고、큰
소리 내지 않고、얌전하게 취해서 나가는 식이었고、또한、그
30대 여자라는 게、그게、얼마 전까지、신쥬쿠에 있는 술집에
서 일하던 사람이라、술집 종업원 시절에、좋은 집안 손님들
을 우리 가게로 데리고 와 마시면서、우리 집 단골이 되었는
데、뱀 다니는 길 뱀이 안다고、뭐 그렇게 끼리끼리 어울렸던
거지요。그리고 그 여자 아파트가 바로 요 근처라、신쥬쿠의
술집이 문을 닫아 일을 그만둔 후로도、이따금씩 아는 남자
들을 데리고 왔고、우리 가게 술도 야금야금 줄어들어、아무
리 집안 좋은 손님이라 해도、술손님이 늘어나는 게、예전만
큼 달갑지 않을 뿐더러、민폐 끼친다는 생각도 들었지만、그래
도、그전 사오 년 동안、꽤나 씀씀이가 화려한 손님들만、잔뜩
데리고 와주었으니、그 의리도 있고 해서、그 30대 여자가 소
개해준 손님들에게는、우리도、싫은 얼굴 하지 않고 술을 내주
기로 했습니다。그런 이유로 남편분이 그때、그 30대 여자、아

키짱、이라고 하는데、그 사람 손에 이끌려 뒤쪽 부엌문으로 살그머니 들어왔을 때、별로 우리도 수상하게 생각하지 않고、하던 대로、안쪽 육첩방으로 모시고、소주를 내었습니다。오타니 씨는、그날 밤은 얌전하게 술을 마시고、계산은 아키짱한테 시키고、다시 뒷문으로 둘이 같이 돌아갔는데、신기하게도、그날 야릇하게 조용하고 점잖은 오타니 씨의 거동을 잊을 수가 없습니다。마귀가 사람 앞에 처음 나타날 때는、그런 얌전한、순수한 모습으로 나타나나 봅니다。그날 이후、우리 가게는 오타니 씨에게 찍혀버리고 말았습니다。그리고 열흘쯤 지나서、이번엔 오타니 씨 혼자 뒷문으로 들어왔는데、느닷없이 백 엔짜리 지폐를 한 장 내밀더니、와、그때는 아직 백 엔이라고 하면 큰돈이었지요、지금으로 따지면 자그마치 이삼천 엔、그 이상 가는 큰돈이었습니다、그걸 억지로、제 손에 쥐어주면서、부탁해요、하고는、배시시 웃는 겁니다。아이구 벌써、어지간히 마신 모양인데、아무튼、부인도 아시잖아요、그렇게 술이 센 사람도 없습니다。취했나 싶으면、갑자기 진지하게、이치에 맞는 말을 하질 않나、아무리 퍼마셔도、발걸음이 휘청거린다? 그런 걸 여태까지 한 번이라도 우리가 본 적이 없으니까요。사람 나이 서른이면 혈기가 한창이라、술도 셀 나이지만、그래도、저 정도는 드뭅니다。그날 밤도、어디 다른 데서、거하게 한잔 걸치고 온 모양인데、또 우리 집에서、소주를 내리

열 잔이나 마시면서, 이건 뭐 말도 거의 안 하고, 우리 부부
가 뭐라고 말을 걸어도, 그냥 수줍다는 듯 웃기만 하다가, 예,
예, 하며 애매하게 고개를 끄덕이더니, 뜬금없이, 몇 십니까?
하고 묻고는 자리에서 일어나는데, 거스름돈 드리지요, 하고
내가 말하니까, 아니, 괜찮아요, 하기에, 이러시면 안 됩니다,
하고 제가 세게 나갔더니, 싱긋 웃으며, 그럼 이다음까지 맡아
주세요, 또 오겠습니다, 하고 돌아갔는데, 부인, 우리가 그 양
반한테 돈을 받은 건, 전무후무, 딱 그때 한 번뿐이고, 그 후
로는 뭐, 어쩌구저쩌구 대충 둘러대면서, 3년 동안, 돈 한 푼
내지 않고, 우리 집 술을 거의 혼자서, 거덜을 내버렸으니, 기
가 안 막히겠습니까?』

　엉겁결에, 저는, 웃음을 터뜨렸습니다. 까닭모를 웃음이,
문득 복받친 것입니다. 황급히 입을 틀어막고, 사모님 쪽을
보았는데, 사모님도 고개를 숙이고 묘한 웃음을 짓습니다. 그
리고, 사장님도, 별 수 있겠냐는 듯 억지로 웃습니다.

　『어휴, 진짜, 웃을 일이 아닌데, 너무 어이가 없다보니, 웃
음까지 나오네요. 사실, 그 정도 솜씨를, 다른 착실한 쪽으로
썼다면, 정승도 되고, 박사도 되고, 뭐든지 될 수 있을 텐데 말
입니다. 우리 부부 말고도, 그 양반한테 찍히고, 빈털터리가
되어 이 엄동설한에 울고 있을 사람이 우리 말고도 아직 더
있을 겁니다. 실제로 그 아키짱도, 오타니 씨를 알게 되는 바

람에、돈 많은 기둥서방은 도망갔지、돈도 다 썼지、기모노까지 다 팔아먹고、지금은 뭐 지저분한 판잣집 단칸방에서 거지 꼴로 살고 있다던데、정말로、아키짱은、오타니 씨를 알게 되었을 무렵에는、보기 딱할 정도로 들떠서、우리한테도 막 떠벌리곤 했습니다。뭐니뭐니해도、신분이 굉장하다。시코쿠[1] 어느 귀족 가문에서 갈라져 나온、오타니 남작의 차남인데、지금은 방정치 못한 품행 때문에 의절을 당했지만、조만간 남작이 죽으면、장남과 둘이서、재산을 나누기로 되어 있다。머리도 좋아서、천재、라고 할 수 있다。스물하나에 책을 썼는데、그게 이시카와 다쿠보쿠[2]라는 엄청난 천재가 쓴 책보다도、훨씬 훌륭하고、그 후로 또 열 몇 권의 책을 썼다、나이는 어리지만、일본에서 제일가는 시인이 되었다。게다가 학식도 뛰어나서、가쿠슈인[3]부터 제일고등학교[4]를 거쳐、제국대학[5]을 마치고、독일어 프랑스어、아주 뭐、끝내준다、뭐라더라 아키짱이 말하는 걸 들으면 마치 하나님 같은 사람인데、그런데、그게 또、아주 전부 다 헛소리 같지는 않고、다른 사람한테 물어봐도、오타니 남작의 차남이 맞고、유명한 시인이라는 것은 틀림이 없다 하니、에휴、우리 여편네까지、나잇값 못하고、아키

짱한테 질세라 들떠서、과연 바탕이 좋은 분은 어디가 달라도
다르대나 뭐래나 하면서 오타니 씨가 오기를 마음속으로 은
근히 기다리고 있을 지경이었으니、어처구니가 없지요. 지금
와서는、귀족이고 나발이고 없어진 모양이지만、전쟁이 끝나
기 전까지는、여자 후리는 데는、아무튼 이 귀족 집안 망나니
아들이라는 수법이 제일이었나 보더라구요. 이상하게 여자들
은、눈이 휘둥그레집디다. 역시 뭐냐、그、지금 유행하는 말로
하자면、노예근성이라는 거겠지요. 나 같은 사람은、남자인데
다가、그것도、닳고 닳은 남자라서、그까짓 귀족、아니、부인
앞이라 뭐하지만、시코쿠 귀족의、거기에 또 분가의、게다가
차남이라니、그러면、전혀 우리 같은 사람하고 신분 차이가 없
다 싶기도 하고、설령 있다 하더라도、한심하게、눈이 휘둥그
레지지는 않을 겁니다. 그렇지만、역시、왠지 모르게 참 그 양
반은、나도 좀 대하기가 어려워서、그래 이번에야말로、아무
리 사정한들 술은 내주지 않으리라 굳게 결심을 하지만、쫓기
는 사람처럼、전혀 예상치 못한 시간에 홀연히 나타나서、우
리 집에 들어와 겨우 한숨 돌린 척 시치미를 딱 떼고 있는 걸
보면、그만 결심도 무너지고、술을 내주고 맙니다. 취해도、딱
히 야단법석을 떠는 것도 아닌데、까짓거、계산만 깔끔하게 해
준다면야、좋은 손님인데 말입니다. 자기 입으로 신분을 떠들
고 다니는 것도 아니고、천재다 뭐다 그런 시시껄렁한 자랑을

한 적도 없고、아키짱 같은 사람들이、그 양반 옆에서、우리한
테、이 사람이 얼마나 대단한지에 대해서 광고를 하거나 하면、
난 돈이 필요해、여기 계산 좀 해줘、하고 엉뚱한 이야기를 해
서 분위기를 확 깨버립니다。그 양반이 우리한테 지금까지 술
값을 치른 적은 없지만、그 양반 대신、아키짱이 가끔 돈을 내
는 날도 있고、또、아키짱 말고、아키짱이 알면 곤란한、몰래
만나는 여자도 있어서、그 사람은 어디 남의 집 마나님 같던
데、가끔씩 오타니 씨와 함께 왔다가、역시나 오타니 씨 대신、
과분한 돈을 두고 가는 날도 있고、그렇지만 우리도、역시 장
사꾼인지라、그런 것도 없는 날에는、아무리 오타니 씨고 나랏
님이고 간에、그렇게 계속、공짜로 술을 내줄 수는 없는 노릇
이지요。하지만、그런 띄엄띄엄 받는 돈만으로는、도저히 채워
질 만한 액수도 아니고、이미 우리도 손해가 너무 커서、확실
히는 모르지만 고가네이[1] 쪽에 그 양반 집이 있고、거기에 어
엿한 부인도 있다더라、하는 말을 들었기에、한번 그쪽으로 술
값에 대해서 상담이나 하러 가야겠다 생각하고、넌지시 오타
니 씨 댁이 어디쯤이시냐、물어본 적도 있었는데、바로 냄새를
맡고는、없는 건 없는 거야、왜 이렇게 안달이야、싸우고 헤어
지면 손해야、라는 둥 모진 말을 합디다。그래도、우리는 어떻
게 해서든、이 양반 집이라도 알아두었으면 해서、두세 번 뒤

----

(1) 도쿄 중심부에서 서쪽으로 약 30km 정도 떨어진 마을. 현재 고가네이 시.

를 밟아 본 적도 있는데、매번、멋지게 따돌려버리더군요。그
러는 사이에 도쿄는 큰 공습을 연달아 받게 되었는데、어떻
게 된 일인지、오타니 씨가 난데없이 전투모 같을 걸 뒤집어
쓰고 나타나서、멋대로 벽장 속에서 브랜디 병을 끄집어내더
니、선 채로 벌컥벌컥 나발을 불고는 바람처럼 사라지는 겁니
다、계산이고 뭐고 없이、그리고 얼마 안 가 전쟁이 끝나서、이
번에는 우리도 대놓고 암거래되는 술과 안주를 사들였고、가
게 앞에 새로운 포렴도 내걸고、아무리 궁상스러운 가게라지
만、이왕 하는 거、손님한테 애교라도 부리라고、여자아이까
지 하나 고용했는데、또다시、저 마귀 양반이 나타나서、이번
에는 여자랑 같이 오는 게 아니라、항상 신문기자나 잡지기자
두어 명하고 같이 와서는、아무튼 앞으로는、군인이 몰락하고
지금까지 가난했던 시인들이 세상 사람들한테 인기를 얻게 된
대나 뭐라나 그 기자들이 말하던데、오타니 선생은、그 기자
들을 상대로、외국인 이름인지、영어인지、철학인지、뭔지 밑
도 끝도 없는、이상한 이야기를 해주고、그리고、훌쩍 일어나
밖으로 나가서、그길로 돌아오지를 않습니다。기자들은、기분
잡쳤다는 얼굴로、이 자식 어딜 간 거야、슬슬 우리도 돌아갈
까、하며 돌아갈 준비를 시작하는데、나는、잠깐만요、그 양반
은 항상 이런 식으로 도망칩니다、술값은 손님들한테 받겠습
니다、하고 말씀드립니다。점잖게 다들 돈을 모아서 내고 가

는 분들도 계십니다만、오타니한테 받아、우리는 5백 엔으로 생활을 하고 있다구、하면서 화를 내는 사람도 있습니다。화를 내도 나는、아니오、오타니 씨의 외상값이、여태까지 얼마가 쌓였는지 아십니까? 만약 손님들이、그 빚을 다만 얼마라도 오타니 씨한테 받아내 주신다면、나는、손님들에게、그 절반을 드리겠습니다、하고 말하니、기자들도 어이가 없다는 표정으로、뭐야、오타니가 그렇게 형편없는 놈이라고는 생각하지 않았는데、다음부터는 그 녀석과 마시는 건 사양해야겠어、우리한테 이 밤중에 백 엔은 없고、내일 가지고 올 테니、그때까지 이걸 맡아둬、하고 기세 좋게 외투를 벗어두고 가기도 합니다。기자라는 놈들은 인간성이 나쁘다고、세상 사람들은 말하지만、오타니 씨에 비하면、허 참、천만의 말씀、정직하고 시원시원하고、오타니 씨가 남작의 차남이라면、기자들은、공작의 장남쯤 될 겁니다。오타니 씨는、전쟁 끝나고 난 다음부터 주량도 더 늘고、인상도 험악해지고、지금껏 입에 담은 적이 없는 아주 야한 농담 같은 걸 지껄이질 않나、또、같이 온 기자를 느닷없이 때리더니、멱살잡이를 하고 싸우질 않나、또、우리 가게에서 일을 하는 아직 스물도 안 된 여자아이를、어느 틈에 그랬는지 호려서 따먹어버린 모양인데、우리도 실로 경악스럽고、정말이지 난감하지만、이미 벌어진 일이니 불만이 있더라도 참고 넘어갈 수밖에 없었고、여자아이한테도

그만 잊어버리라고 타일러서, 조용히 부모님 곁으로 돌려보냈
습니다. 오타니 씨, 아무 말도 이제 않겠습니다, 이렇게 빌 테
니, 이제 오지 마세요, 하고 내가 사정을 해도, 오타니 씨는,
불법으로 돈을 버는 주제에 착한 사람처럼 말하지 마, 난 죄
다 알고 있어, 하고 비열한 협박 비슷한 말을 하고, 또 바로 다
음 날 밤에 아무렇지 않은 얼굴로 찾아옵니다. 우리도, 전쟁
통에 암거래 같은 걸 해서, 그 벌로, 이런 도깨비 같은 사람을
떠안아야 했을지도 모르지만, 하지만, 오늘밤처럼, 엄청난 일
을 저지르면, 이제 시인이고 선생이고 나발이고 없습니다, 도
둑입니다. 우리 돈 5천 엔을 훔쳐서 내뺐으니까요. 요즘은 이
제 우리도, 물건 들이는 데 돈이 들어서, 집 안에는 기껏해야
현금이 5백 엔이나 천 엔 있는 정도고, 아니, 솔직히 말하면,
오른손으로 번 돈은 바로 왼손으로 물건 사들이는 데 쏟아부
어야만 합니다. 오늘밤, 저희 집에 5천 엔이라는 큰돈이 있
었던 건, 이제 올해도 섣달그믐이 가까워지고, 우리가 단골손
님들 집을 돌며, 외상값을 받고 다녀서, 겨우 그만큼 모은 건
데, 그건 당장 오늘밤이라도 거래처 쪽에 건네주지 않으면, 이
제 내년 설부터는 우리 장사를 계속할 수 없게 되는, 그런 중
요한 돈이라서, 마누라가 안쪽 육첩방에서 세어보고 찬장 서
랍에 단단히 넣어두는 것을, 아 이 양반이 봉당 테이블석에서
혼자 술을 마시면서 그걸 보고 있었는지, 갑자기 일어나 성큼

성큼 육첩방으로 들어오더니, 말없이 마누라를 밀치고는 서랍을 열어, 그 5천 엔 돈다발을 독수리가 먹이를 채듯 덥석 움켜쥐고 니쥬마와시 주머니에 쑤셔 넣은 채, 우리가 어리둥절해 있는 틈을 타, 쏜살같이 봉당으로 내려와 가게를 나가버리기에, 나는 큰소리로 이름을 부르고, 마누라와 함께 뒤를 쫓으면서, 이렇게 되면 뭐, 도둑이야! 하고 소리를 쳐 행인들을 불러 모아 잡을까 싶기도 했지만, 어쨌든 오타니 씨는 우리하고 모르는 사이도 아니고, 그것도 너무 잔인한 것 같아서, 오늘밤에는 무슨 일이 있어도 오타니 씨를 놓치지 말고 끝까지 뒤를 밟아, 사는 곳을 확인하고, 조용히 얘기해서, 그 돈을 돌려받자, 뭐 우리도 힘없는 장사치라서, 우리 부부는 힘을 합쳐, 오늘밤 겨우겨우 이 집을 알아내어, 용서할 수 없는 마음을 억누르며, 돈을 돌려주세요, 하고 점잖게 말씀드렸건만, 아이구야, 이게 뭔 일인지, 칼 같은 걸 꺼내더니, 찔러버린다고, 아이구야, 이거 원……。』

또다시, 영문도 모를 웃음이 치밀어 올라와, 저는 소리 내어 웃고 말았습니다. 사모님도, 얼굴이 빨개져서는 히쭉 웃었습니다. 저는 웃음이 좀처럼 멎지를 않아서, 사장님한테 미안한 마음이 들었지만, 왠지 이상하게 웃겨서, 한동안 계속 웃다가 눈물이 나오는데, 남편 시에 나오는 「문명의 열매 함박웃음」이란, 이런 기분을 말하는 건가, 하는 생각이 문득 들었습니다.

(2)

하지만、어쨌든、그렇게 한바탕 웃고、끝낼 사건은 아니었기 때문에、저도 생각 끝에、그날 밤 두 분에게、그럼 제가 어떻게 해서든 그 뒤처리를 하는 걸로 하겠으니、경찰에 알리는 것은、하루만 더 미뤄주세요、내일 그쪽으로、제가 찾아뵙겠습니다、하고 말씀드리고、나카노에 있다는 그 가게 위치를 자세히 들은 다음、억지로 두 사람에게 승낙을 받아、아무튼 그날 밤은 그냥 돌려보내고、그러고 나서、싸늘한 육첩방 한가운데、덩그러니 앉아 궁리를 했지만、딱히 무슨 좋은 생각도 떠오르지 않았기에、일어나서 하오리를 벗고、아이가 자고 있는 이불 속으로 들어가서、아이 머리를 쓰다듬으며、영원히、아무리 시간이 지나도、날이 밝지 않았으면 좋겠다고、생각했습니다.

아버지는 예전에、효탄 연못[1] 근처에서、오뎅 포장마차를 했습니다. 어머니는 일찍 돌아가셨고、아버지와 저 단둘이 판잣집에 살면서、포장마차도 아버지와 둘이서 꾸려나갔는데、지금의 그 사람이 가끔 포장마차에 들렀고、저는 그러다가 아버지 몰래、그 사람하고、다른 데서 만나다가、뱃속에 아이가 생겨서、이런저런 난리 끝에、간신히 그 사람 마누라 비슷

---

(1) 아사쿠사 공원에 있던 호리병 모양의 연못. 1951년에 매립되어 사라졌다.

한 모양새로 살게 되었으나、물론 호적에도 올라가 있지 않으
니、아이는、애비 없는 자식이 되었고、그 사람은 집을 나가면
사흘 밤 나흘 밤을、아니、한 달을 안 들어올 때도 있어서、어
디서 뭘 하고 다니는지、돌아올 때는、언제나 고주망태가 되어
있고、새파랗게 질린 얼굴로、하악하악、괴로운 듯 숨을 몰아
쉬면서、제 얼굴을 가만히 바라보다가、주르르 눈물을 흘리기
도 하고、또 갑자기、제가 자고 있는 이불 속으로 기어들어 와
서는、제 몸을 꽉 껴안고、

『아아、안 돼! 무서워。무섭다구、나、무서워! 살려줘!』

하고 중얼거리며、덜덜 떨기도 하고、잠든 뒤에도、잠꼬대를
하고、끙끙 앓고、그러다가 다음 날 아침이 되면、정신이 나간
사람처럼 멍하니 앉아 있다가、또 금세 획 사라지고、그 후로
또 사흘 나흘이 지나도 돌아오지를 않는데、옛날부터 남편과
알고 지내는 출판사 사람 두어 명、그 사람들이 저와 아이의
처지가 걱정되어、때때로 돈을 가지고 와주어서、겨우겨우 저
희도 굶어죽지 않고 오늘까지 살아 왔습니다.

깜빡、잠이 들었다가、퍼뜩 눈을 뜨니、덧문 틈새로、쏟아져
들어오는 아침 햇살이 느껴져、일어나 몸단장을 하고 아이를
들쳐업고、밖으로 나갔습니다。도저히 더는 잠자코 집 안에
있을 수 없는 심정이었습니다。

어디로 가야겠다는 목적지도 없고、역 쪽으로 걸어가서、

역 앞 노점에서 엿을 사, 아이에게 물려주고, 그리고, 문득 무슨 생각이 들었는지 기치죠지[1]까지 가는 표를 사서 전철에 올라, 손잡이를 붙잡고 무심코 전철 천장에 매달린 포스터를 보는데, 남편 이름이 있습니다. 잡지 광고인데, 남편은 그 잡지에 「프랑수아 비용[2]」이라는 제목의 긴 논문을 발표한 모양입니다. 저는 그 프랑수아 비용이라는 제목과 남편의 이름을 번갈아 바라보다가, 왠지는 모르겠지만, 너무나 쓰라린 눈물이 솟아나서, 포스터가 흐릿해져 보이지 않았습니다.

기치죠지에 내려서, 정말 벌써 몇 년 만인지 이노카시라 공원[3]으로 걸어가보았습니다. 연못가의 삼나무가, 전부 잘려 나가서, 뭔가 앞으로 공사라도 시작할 땅처럼, 이상하게 휑하고 살벌한 느낌이라, 옛날하고는 완전히 달랐습니다.

아이를 등에서 내려, 연못가 다 망가진 벤치에 나란히 앉아, 집에서 가지고 온 감자를 아이에게 먹였습니다.

『아가. 연못 예쁘지? 옛날엔 말이야, 이 연못에 잉어랑 금붕어가, 많이많이 있었는데, 지금은 아무것도 없네. 시시해.』

아이는, 무슨 생각을 했는지, 감자를 입 안 가득 볼이 미어지게 넣고, 케케, 하고 이상한 소리로 웃었습니다. 제 아이지

---

(1) 도쿄 서쪽 외곽의 번화가.
(2) 중세 프랑스의 시인. 교회 신부를 죽이고 전국을 방랑하다가 사면을 받았으나, 이듬해 다시 절도 사건을 일으켜 떠돌이 생활을 했다. 일생을 가난하게 살며 방랑생활 중에도 끊임없이 문제를 일으켜 투옥되었다가 석방되기를 반복했다. 소심한 성격의 소유자로 그의 글은 해학과 야유로 가득하다.
(3) 기치죠지에 있는 공원으로 호수가 유명하다. 공원 내에 지브리 미술관이 있다.

만, 정말 바보 같았습니다.

그 연못가 벤치에 마냥 앉아 있어봤댔자, 무슨 해결책이 생기는 것도 아니고, 저는 또다시 아이를 등에 업고, 어슬렁어슬렁 기치죠지 역 쪽으로 되돌아와, 북적이는 노점가를 돌아다니다가, 역에서 나카노 가는 표를 사서, 아무 생각도 계획도 없이, 말하자면 무시무시한 악마의 구렁텅이로 스르르 빨려들어가듯, 전철을 타고 나카노에서 내려, 어제 들은 대로 길을 찾아가, 그 사람들이 한다는 요릿집 앞에 도착했습니다.

대문이, 닫혀 있었기에, 뒤로 돌아서 부엌문으로 들어갔습니다. 사장님은 없고, 사모님 혼자, 가게 청소를 하고 있었습니다. 사모님과 눈이 마주친 순간, 저 스스로도 생각지 못한 거짓말이 술술 나왔습니다.

『저기, 사모님, 돈은 제가 전부 돌려드릴 수 있을 것 같아요. 오늘밤이나, 아니면, 내일, 아무튼, 확실히 그럴 예정이니까, 이제 염려 마세요.』

『어머나, 아이구, 그것 참 고마워라.』

하며, 사모님은, 조금은 기쁜 표정을 지었지만, 그래도 뭔가 아직 미심쩍다는 듯 불안한 그늘이 얼굴 어딘가에 드리워져 있었습니다.

『사모님, 진짜예요. 확실히, 여기로 돈 가지고 올 사람이 있어요. 그때까지 저는, 인질이 되어, 여기 계속 있기로 했어

요。 그러면、 안심이지요? 돈이 올 때까지、 저는 가게 일이라도
도울게요。』

저는 아이를 등에서 내려、 안쪽 육첩방에 혼자 놀게 두고、
바지런히 일하는 모습을 보여주었습니다。 아이는、 원래부터
혼자 노는 데는 익숙하기 때문에、 조금도 거추장스럽지 않습
니다。 또 머리가 나쁜 탓인지、 낯가림을 하지 않는 성격이라、
사모님을 보고도 잘 웃고、 제가 사모님 대신、 그 집 배급품을
타러 가고 없을 때도、 사모님이 장난감 대신 준 미국 통조림
깡통、 그걸 두드리고 굴리고 하면서 얌전하게 육첩방 구석에
서 놀았던 모양입니다。

점심 무렵、 사장님이 생선과 채소를 사서 돌아왔습니다。
저는、 사장님 얼굴을 보자마자、 또 빠른 말로、 사모님한테 했
던 것과 똑같은 거짓말을 했습니다。

사장님은、 어리둥절한 표정으로、

『음、 하지만、 부인、 돈이라는 건、 자기 손에、 들어오기 전까
지는、 믿을 수 없는 거예요。』

하고 의외로、 차분히、 타이르듯 말했습니다。

『아뇨、 그게 말이죠、 정말로 확실해요。 그러니、 저를 믿고、
경찰에 신고하는 건、 오늘 하루만 기다려주세요。 그때까지 저
는、 이 가게에서 일을 도울 테니까요。』

『돈만、 돌아온다면야、 그야 뭐、 상관없지만。』 하고 사장님

은、혼잣말처럼 중얼거리고는、『아무튼 올해도、이제 대엿새 남았네요。』

『네、그래서、그러니까、저기、저는、어머、손님 오셨어요。 어서 오세요。』 하고 말하며 저는 가게로 들어온 공장 노동자 분위기의 손님 셋을 향해 웃으면서、작은 목소리로、『사모님、 죄송해요。 앞치마 좀 빌려주세요。』

『이야、미인을 고용했네。 이거、굉장하구만。』

하고 손님 하나가 말했습니다。

『유혹하지 마세요。』 하고 사장님은、아주 농담은 아닌 듯한 말투로、『돈이 걸려 있는 몸이니까。』

『백만 달러짜리 명마名馬인가?』

하고 다른 손님 하나가、천박한 우스갯소리를 했습니다。

『명마도、암컷은 반값이라네요。』

하고 제가、술을 데우면서、한 술 더 떠서、더 천박하게 응 수를 하니、

『겸손 떨긴。 앞으로 일본은、개나 소나、남녀평등이래。』 하 고 제일 젊은 손님이、야단치듯 말하다가、『누님、난 반했어。 한눈에 반했어。 근데、애가 있네?』

『무스은。』 하고 안쪽에서、사모님이、아이를 안고 나오면 서、『얘는、이번에 우리가 친척집에서 데려온 아이라구요。 이 제、드디어 우리도、대를 이을 자식이 생겼답니다。』

『돈도 생기고。』

하고 손님 하나가、비꼬자、사장님은 진지하게、

『바람도 나고、돈도 떼이고。』하고 중얼거리고는、다시 아무 일 없다는 듯 말투를 바꿔서、『뭘로 하시겠습니까? 모둠전골이라도 내올깝쇼?』

하고 손님에게 묻습니다。저는 그때、어떤 사실을 하나、깨달았습니다。역시 그런가、하고 혼자 고개를 끄덕이고、겉으로는 아무렇지 않게、손님에게 술병을 날랐습니다。

그날은、크리스마스 전야제인가 뭔가 하는 날 같았는데、그 탓인지、손님이 끊임없이、잇달아 들어와서、저는 아침부터 거의 아무것도 먹지 않았습니다만、가슴속에 생각이 가득 차서 그런지、사모님이 뭐라도 좀 먹으라고 권해도、아뇨 괜찮아요、하고 사양하고、그리고 마치、깃털옷 한 장 걸치고 날아다니듯이 날쌔게 부지런히 일하면서、자랑일지도 모르지만、그날 가게는 이상하게 활기찬 것 같았는데、제 이름을 묻거나、또 악수를 청한다거나 하는 손님이 한둘 정도가 아니었습니다。

하지만、이렇게 해서 어쩌자는 걸까요。저는 무엇 하나 짐작할 수가 없었습니다。그저 웃으며、손님의 야한 농담에 저도 장단을 맞추어、훨씬 더 야한 농담으로 받아치고、이 손님에서 저 손님으로 미끄러지듯 술을 따르며 돌아다니고、그러는 동안、저의 이 몸뚱이가 아이스크림처럼 녹아 흘러내렸으면 좋겠다、하는 생각뿐이었습니다.

기적은 역시、이 세상에도、이따금、일어나는가 봅니다.

아홉 시 조금 지난 무렵이었을까요. 크리스마스 축제 때 쓰는、종이 고깔모자를 쓰고、루팡처럼 얼굴 윗부분을 가리는 검은 가면을 쓴 남자와、그리고 서른 너덧쯤 되는 마른 체형의 예쁘장한 여자가 일행으로 온 손님이 있었는데、남자는、저와는 등을 지고、봉당 구석 의자에 앉았지만、저는 그 사람이 가게에 들어서는 순간、누구인지 알았습니다. 도둑 남편입니다.

그쪽에서는、저라는 걸 전혀 눈치 채지 못한 것 같아서、저도 모른 척하고 다른 손님들과 어울려 놀았는데、그러다가、그 여자가 남편과 마주보고 앉은 채로、

『언니、잠깐만요。』

하고 부르기에、

『예에。』

하고 대답하고、두 사람 테이블 쪽으로 가서는、

『어서 오세요! 술 드릴까요?』

하고 말했을 때、남편이 흘끗、저를 보더니 가면 속에서、꽤나 놀랐나본데、저는 남편 어깨를 가볍게 어루만지며、

『크리스마스 복 많이 받으세요、라고 하나요? 뭐라고 하나요? 한 되쯤 더 마실 수 있을 것 같은데。』

하고 말했습니다.

여자는 그 말에는 대꾸하지 않고, 진지한 표정으로,

『저기, 언니, 미안한데요, 여기 사장님한테 긴히 할 말이 있는데요, 잠깐 이쪽으로 불러주실래요?』

하고 말했습니다.

저는 안에서 튀김을 만들고 있는 사장님한테 가서,

『오타니가 왔어요. 좀 가보세요. 그런데, 같이 온 여자 분한테는, 제 얘기는 하지 마세요. 오타니가 망신을 당하면 안 되니까.』

『드디어, 왔네요.』

사장님은, 제가 했던, 거짓말을 반은 의심하면서도, 그래도 꽤 신용하고 있었는지, 남편이 돌아온 것도, 그것도 제가 어떻게 조종을 해서 그런 것이라고 단순하게 받아들이고 있는 모양이었습니다.

『제 이야기는, 하지 마세요.』

하고 거듭 말하니,

『그래야 한다면, 그렇게 합지요.』

하고 싹싹하게 말하며, 봉당으로 나갔습니다.

사장님은 봉당에 있는 손님들을 한 바퀴 쓱 둘러보고, 그리고 곧장 남편이 있는 테이블로 다가가서, 그 예쁘장한 여자와 뭔가 두세 마디 나누더니, 그리고 셋이 함께 가게 밖으로 나갔습니다.

이제 됐다。만사가 해결됐다、왠지 그런 믿음이 생겨서、아
닌 게 아니라 너무 기뻐서、남색 기모노를 입은 아직 스무 살
도 안 되었을 앳된 손님의 손목을、느닷없이 꽉 움켜잡고、

『마셔요、네? 마시자구요。크리스마스잖아요。』

(3)

겨우 30분、아니、더 빨리、벌써? 하는 생각이 들 정도로 일
찍、사장님 혼자 들어와、제 곁으로 다가와서는、

『부인、감사합니다。돈은 돌려받았습니다。』

『예。잘 됐네요。전부요?』

사장님은、묘한 웃음을 지으며、

『네、어제、그 돈은요。』

『지금까지 다 합쳐서、얼마지요? 많이 좀 깎아주세요。』

『2만 엔。』

『그거면 돼요?』

『많이 깎았습니다。』

『갚을게요。사장님、내일부터 저、여기서 일 좀 시켜주실래
요? 네? 그렇게 해주세요! 일해서 갚을게요。』

『네? 부인、그런 말도 안 되는…… 오카루[1]군요。』

우리는、동시에 웃었습니다。

그날 밤、열 시 넘어서、저는 나카노 가게에 인사를 하고、

아이를 등에 업고、고가네이 집으로 돌아왔습니다。역시나 남편은 아직 들어오지 않았지만、하지만 저는、무덤덤했습니다。내일 또 그 가게에 가면、남편을 만날 수 있을지 몰라、내가 왜 지금껏、이렇게 좋은 방법을 몰랐을까? 어제까지 고생한 것도、결국 내가 바보라서、이런 좋은 생각을 못 했기 때문이야、이래 봬도 옛날에 아사쿠사에서 아버지와 포장마차를 하면서、손님 상대하는 건 결코 서투르지 않았으니、앞으로 나카노에 있는 그 가게에서도 틀림없이 잘 굴러먹을 수 있을 거야。실제로 오늘밤만 하더라도 난、팁을 5백 엔 가까이 받았는걸。

사장님 말에 따르면、남편은 어젯밤 어디 아는 사람 집에 가서 잔 것 같고、그리고、오늘 아침 일찍、그 예쁘장한 여자가 운영하는 교바시[2]에 있는 술집에 느닷없이 쳐들어와、아침부터 위스키를 마시고、그러면서、그 가게에서 일하는 여자아이 다섯한테、크리스마스 선물이라며 다짜고짜 돈을 쥐어주고、그러다가 점심 무렵에 택시를 부르더니 어디론가 나가서、조금 있다가、크리스마스 고깔모자에 가면에、데커레이션케이크에 칠면조까지 사 들고 와서는、사방팔방으로 전화를 돌리라고 시켜서、아는 사람을 다 불러 모아、큰 파티를 열기에、평소에

---

(1) 일본의 대표적인 복수극 〈주신구라〉 중에서. 무사 하야노 간페이가 억울하게 죽임을 당한 주군의 복수를 하려고 하자 그의 아내 오카루가 스스로 유곽에서 몸을 팔아 자금을 마련했다는 이야기.
(2) 긴자와 도쿄역 사이의 번화가. 고급 술집이 즐비했다.

전혀 돈이 없는 사람인데, 하고 술집 마담이 미심쩍어, 넌지시 캐물어보았더니, 남편은 천연덕스럽게, 어젯밤 있었던 일을 속속들이 그대로 털어놓았고, 마담도 전부터 오타니하고 보통 사이는 아닌 것 같아서, 그게 아무튼 경찰에 신고해서 일이 커지면, 좋을 게 없으니, 반드시 돌려줘야 한다고 살살 달래서, 돈은 나중에 갚는 조건으로 일단 마담이 대신 내주기로 하고, 그리고 남편을 앞세워, 나카노 가게에 같이 와준 거라고 하는데, 사장님은 저를 보고,

『대충, 뭐 그럴 거라 짐작은 했지만, 하지만, 부인도, 용케 그런 방법을 생각해내셨군요. 오타니 씨 친구 분들한테 부탁이라도 하신 건가요?』

하며 역시 제가, 처음부터 남편이 이렇게 돈을 갚으러 올 것을 예상하고, 이 가게에 와서 미리 기다리고 있었다고 여기는 말투여서, 저는 웃으며,

『예, 그렇죠 뭐.』

하고만, 대답했습니다.

그다음 날부터 제 삶은, 지금까지와는 전혀 다르게, 괜히 마음이 들뜨고 즐거워졌습니다. 당장 미용실에 가서, 머리도 손질했고, 화장품도 종류별로 갖추어놓았고, 기모노도 수선했고, 또, 사모님한테 하얀 새 버선을 두 켤레나 받아, 여태껏 가슴을 답답하게 짓누르던 괴로움이, 말끔히 씻겨 내려간 기

분이었습니다.

아침에 일어나 아이랑 둘이 밥을 먹고、도시락을 싸서 아이를 들쳐업고、나카노로 출근을 하는데、섣달그믐、설날、가게 대목이라、동백나무집의、삿짱、이건 가게에서 통하는 제 이름인데、그 삿짱은 매일、눈이 돌아갈 정도로 아주 바쁘답니다。하루걸러 한 번 정도는 남편도 마시러 오는데、계산은 제 앞으로 달아놓고、또 연기처럼 사라졌다가、밤늦게 나타나서 가게를 엿보며、

『안 가?』

하고 살짝 말하면、저도 고개를 끄덕이며 갈 준비를 시작하고、함께 즐거운 귀갓길에 오르는 일도、종종 있었습니다。

『왜、처음부터 이렇게 하지 않은 걸까。나는 지금 아주아주 행복해。』

『여자한테는、행복이고 불행이고 없어。』

『그래? 그렇게 말하니까、그런 것 같기도 하고、그럼、남자는、어떤데?』

『남자한테는、불행만 있지。늘 공포와、싸우고 있는 거야。』

『모르겠어、난。그치만、나、계속 이렇게 살았으면 좋겠어。동백나무집 사장님도、사모님도、아주 좋은 분이고。』

『바보、그 인간들、촌뜨기라구。그래 봬도 꽤나 욕심쟁이라서 말이야。나한테 술을 먹여서、결국、돈을 벌려는 거잖아。』

『그야 장사니까、당연하지。근데、그게 다는 아니지 않나? 당신、거기 사모님、후렸지?』

『옛날에。영감탱이는、어때? 알고 있어?』

『확실히 아는 것 같아。바람도 나고、돈도 떼이고、하면서 언젠가 한숨 섞인 말을 했거든。』

『난 말이야、꼴같잖게 들리겠지만、죽고 싶어 죽겠어。태어날 때부터、죽을 생각만 했거든。다른 사람들을 위해서라도、죽는 게 나아。그건、확실해。그런데、좀처럼 죽을 수가 없네。이상한、무서운 신 같은 존재가、죽으려는 날 붙잡는 거야。』

『일이、있으니까。』

『일 같은 건、아무것도 아니야。걸작이니 졸작이니 그런 건 있지도 않아。남들이 좋다고 하면、좋은 게 되고、나쁘다고 하면、나쁜 게 되니까。들숨 날숨 없어。무서운 건、이 세상、어딘가에 신이 있다는 거야。있겠지?』

『응?』

『있겠지?』

『모르겠어、난。』

『그래?』

열흘、스무날을 가게에 왔다 갔다 하면서、저는、동백나무 집에 술을 마시러 오는 손님들이 누구 한 사람 빼놓지 않고 모조리 범죄자뿐이라는 사실을、알게 되었습니다。남편 같은 사람은 그나마 착한 축에 든다고 생각했습니다. 또, 가게 손님뿐만 아니라, 길을 걸어가는 사람들 모두, 무언가 반드시 떳떳하지 못한 죄를 숨기고 있을 거라는 생각이 들었습니다. 멋지게 차려입은, 쉰 줄의 아주머니가, 동백나무집 부엌문으로 술을 팔러 와서는, 한 되에 3백 엔이라고, 딱 잘라 말하기에, 그게 지금 시세로 보면 싼 편이라, 사모님이 그 자리에서 넘겨받았는데, 술에 물을 탔더군요. 그렇게 고상해 보이는 아주머니조차, 그런 짓을 해야만 하는 세상에서, 뒤 구린 데 하나 없이 살아갈 수는, 없을 것 같습니다. 트럼프 놀이처럼, 마이너스를 전부 모으면 플러스로 바뀌는 일은, 이 세상 도덕에서는 있을 수 없는 일일까요?

신이 있다면, 나오세요! 저는, 1월 말, 가게 손님에게 더럽혀졌습니다.

그날 밤에는, 비가 내렸습니다. 남편은, 나타나지 않았지만, 남편이 옛날부터 알고 지내던 출판사 쪽 사람이자, 가끔씩 저희에게 생활비를 보내주는 야지마 씨가, 같은 업계 사람 같은데, 자기와 마찬가지로 마흔쯤 되어 보이는 사람과 같이 와서, 술을 마시며, 둘이 목청껏, 오타니 마누라가 이런 데서 일하면, 되느니, 안 되느니 하면서 농담 반 진담 반으로 서로 떠들기에, 제가 웃으며,

『그 부인은, 어디 계신데요?』

하고 물으니、야지마 씨는、

『어디 있는지는 모르지만、적어도、동백나무집 삿짱보다는、고상하고 예쁘지。』

하고 말하기에、

『샘나라。오타니 씨 같은 남자라면、저는 하룻밤이라도 좋으니까、살아보고 싶네요。저는 그런、빼질빼질한 사람이 좋더라구요。』

『이렇다니까。』

하고 야지마 씨는、같이 온 사람 쪽으로 얼굴을 돌리고、입을 삐죽거렸습니다。

그 무렵에、제가 오타니라는 시인의 아내라는 사실을、남편과 함께 찾아오는 기자들도 알게 되었고、또 그 기자들한테 듣고 일부러 저를 놀리러 오는 유별난 사람들도 있어서、가게는 날이 갈수록 북적거렸으니、사장님 심기도 꼭 불편하지만은 않았을 것입니다。

그날 밤、그렇게 떠들고 나서 야지마 씨 일행이 종이 암거래에 대한 이야기 같은 걸 하다가、돌아간 게 열 시 넘어서인데、저도 그날 밤은 비도 오고、남편도 나타날 것 같지 않아서、손님이 아직 한 명 남아 있긴 했지만、슬슬 돌아갈 준비를 시작했고、안쪽 육첩방 구석에서 자고 있는 아이를 들쳐업으며、

『또 우산을 빌려야겠어요。』

하고 작은 목소리로 사모님에게 부탁을 했는데、

『우산이라면、저도 있는데요. 같이 가드릴게요。』

하고 가게에 혼자 남아 있던 나이가 스물대여섯쯤에、몸집이 왜소한 공장 기술자 분위기의 손님이、다부진 표정을 지으며 일어섰습니다. 그 사람은、저는 그날 밤 처음 보는 손님이었습니다.

『괜찮아요. 혼자 걷는 게 익숙해서요。』

『아뇨、댁 머시잖아요. 알아요. 저도、고가네이、근처에 살아요。배웅해드릴게요. 사장님、여기 계산 좀 부탁해요。』

가게에서는 세 병 마셨을 뿐、그렇게 취하지도 않은 것 같았습니다.

함께 전철을 타고、고가네이에서 내린 후、비가 내리는 칠흑같이 어두운 길을 한 우산을 쓰고、나란히 걸었습니다. 그 젊은이는、그때까지 거의 말이 없었는데、드문드문 입을 열기 시작하더니、

『알아요. 저는、오타니 선생님 시를 좋아하는 팬이에요. 저도 말이죠、시를 쓰고 있거든요. 조만간、오타니 선생님한테 보여드려야겠다 생각하고 있었는데요. 왠지、오타니 선생님이、무서워서 말이에요。』

집에 다 왔습니다.

『고마워요. 또、가게에서 봬요。』

『예……。들어가세요。』

젊은이는、빗속을 뚫고 돌아갔습니다。

깊은 밤、드르륵 하고 현관문 여는 소리에、눈이 떠졌지만、항상 그렇듯 남편이 곤드레만드레 취해서 돌아왔구나 생각하고、그대로 잠자코 누워 있었는데、

『실례합니다。오타니 선생님、계세요?』

하고 남자 목소리가 납니다。

일어나 불을 켜고 현관으로 나가보니、아까 그 젊은이가、거의 똑바로 서지도 못할 만큼 비틀비틀하면서、

『사모님、죄송해요。가는 길에 포장마차에서 한잔 더 했는데、실은、집이 다치카와[1]라서요、역에 가봤더니 벌써、전철이 끊겼더라구요。사모님、부탁이에요。재워주세요。이불 같은 건 하나도 필요 없어요。여기 현관 쪽마루라도 괜찮아요。내일 아침에 첫차 다닐 때까지만、새우잠이라도 자게 해주세요。비만 아니면、근처 처마 밑에서라도 자겠는데、이렇게 비가 와서、그러지도 못하겠고。부탁합니다。』

『남편도 없고、이런 쪽마루라도 괜찮다면、그렇게 하세요。』

하고 저는 찢어진 방석 두 장을、현관으로 갖다주었습니다。

『감사합니다。아이구、취한다。』

젊은이는 힘에 겨운 듯 나직이 중얼거리더니、곧바로 그 상

---

(1) 도쿄 중심부로부터 서쪽으로 약 40km 떨어져 있는 작은 마을.

태로 마루에 널브러졌고、제가 이부자리로 돌아왔을 때는、벌써 우렁차게 코를 고는 소리가 들려오고 있었습니다。

그리고、다음 날 새벽、저는、어이없게도 그 남자 손아귀에 들어가고 말았습니다。

그날도 저는、겉으로 보기에는、역시나 변함없이、아이를 등에 업고、가게에 일을 하러 나갔습니다。

나카노 가게 봉당에서、남편이、술이 담긴 컵을 테이블 위에 놓고、홀로 신문을 읽고 있었습니다。컵에 오전의 햇살이 비치어、예쁘구나、생각했습니다。

『아무도 없어?』

남편은、제 쪽을 돌아보더니、

『응。영감탱이는 아직 물건 사러 가서 안 왔구、여편네는、방금 전까지 부엌에 있었던 것 같은데、없어?』

『어제는、안 왔었지?』

『왔었지。동백나무집 삿짱 얼굴을 안 보면 요즘 잠이 안 와서 말이야、열 시 넘어서 들여다봤는데、방금 전에 갔다고 하더라구。』

『그래서?』

『자버렸지、여기서。비는 좍좍 내리지。』

『나도、다음부터、이 가게에서 계속 재워달라고 할까봐。』

『괜찮네、그것도。』

『그렇게 해야겠어. 그 집에 마냥 세 들어 사는 것도、의미 없잖아。』

남편은、잠자코 다시 신문으로 눈을 돌리며、

『아이구야、또 내 욕을 써놨네. 에피큐리언[1] 가짜 귀족이 랜다. 이건 아니지. 신을 두려워하는 에피큐리언、이라고 해야지. 샷짱、이거 봐봐、여기 나를、사람 같지도 않은 사람[2]이라고 써놨어. 아닌데. 내가 지금이니까 하는 말이지만、작년 말에 있잖아、여기서 5천 엔 가지고 간 건、샷짱하고 아이한테、그 돈으로 오랜만에 멋진 설날을 지내게 해주고 싶어서 그런 거야. 사람 같으니까、그런 짓도 하는 거라구。』

저는 딱히 기쁠 것도 없이、

『사람 같지 않으면 어때. 우린、살아 있기만 하면 돼。』

하고 말했습니다.

-(끝)-

---

(1) 쾌락주의자. 정신적 평온을 통한 쾌락을 추구했던 그리스 철학자 에피쿠로스의 이름에 유래.
(2) 인비인(人非人). 사람이면서 사람이 아니라는 뜻으로, 인간의 윤리에서 벗어난 사람. 인면수심.

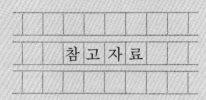

참고자료

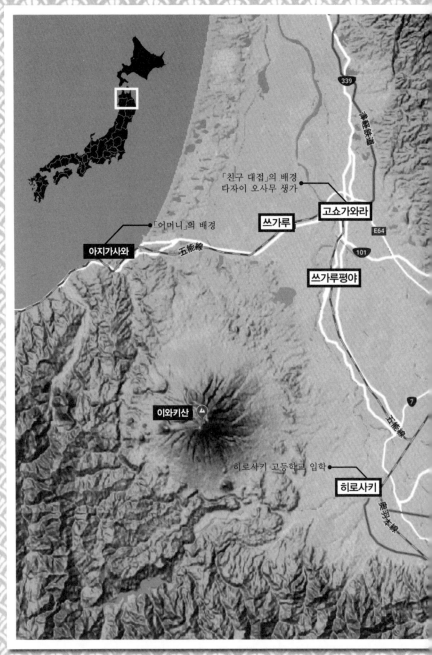

≪다자이 오사무가 태어난 아오모리 쓰가루 지역≫

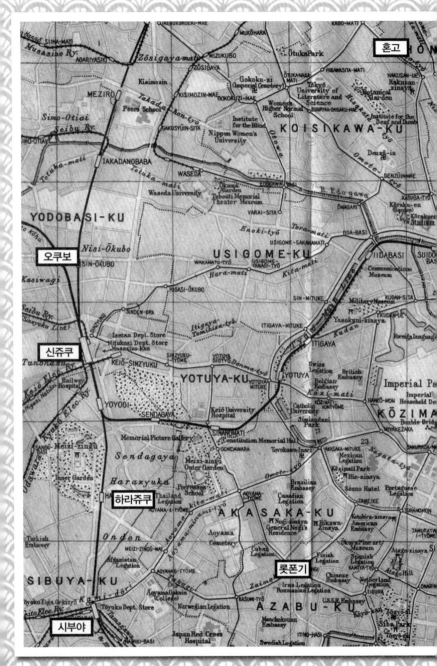

《1947년의 도쿄》

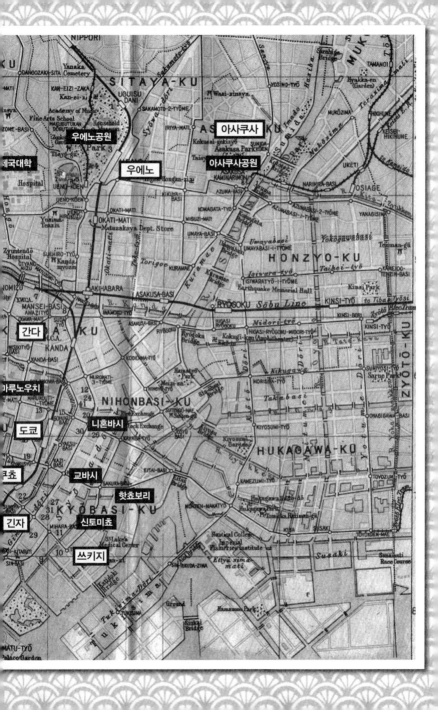

← 다치카와, 고가네이 방면

미타카 역

다마가와 죠스이

다자이가 몸을 던진 강

『인간실격』을 완성한 곳

다자이 자택

젠린지

다자이의 묘가 있는 절

≪1947년의 미타카≫

나카노, 신쥬쿠 방면 →

기치죠지 역

이노카시라 공원

삿짱이 아이와 감자를 먹었던 곳

≪26세의 다자이 오사무≫

1935년, 다자이 오사무는 맹장염 수술 후 덕막염을 일으켜 진통제로 파비날을 사용하다 중독되어 고생을 했습니다. 약물 중독 치료를 위해 병원에 입원한 사이 아내 오야마 하쓰요가 불륜을 저지른 사실을 알게 된 다자이는 하쓰요와 동반자살을 기도하나 실패, 그 후로 사실상 절필을 하게 됩니다.

≪30세의 다자이 오사무≫

1939년 1월, 스승 이부세 마스지의 자택에서 이시하라 미치코(후열 중앙)와 결혼식을 올리고 처가 식구들과 찍은 사진으로, 당시 다자이 오사무는 오야마 하쓰요와의 이별, 약물 중독, 후유증에서 벗어나 재기하기 위해 발버둥을 치고 있었습니다.

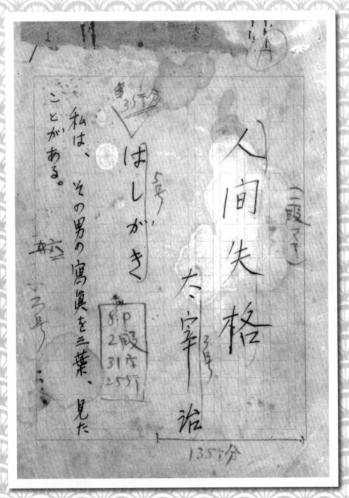

≪인간실격 원고≫

몰락한 귀족의 이야기 「사양」이 베스트셀러가 되면서 일약 스타덤에 오른 다자이 오사무는 곧바로 「인간실격」을 집필하고 총 3부작으로 신문 연재를 시작했습니다. 1948년 6월 1회가 공개되었고 그 반응은 「사양」을 뛰어넘어 가히 폭발적이었지만, 그는 이미 이 세상 사람이 아니었습니다.

《니쥬마와시를 입은 다자이 오사무》

1948년 2월 다마가와 죠스이에서 찍은 사진으로, 4개월 후 바로 이곳에서 내연 관계인 야마자키 도미에와 함께 목숨을 끊었습니다. 폐병이 깊어져 글을 쓸 기력도 남아 있지 않아 그가 말을 하면 다른 이가 대신 글로 적는 식으로 작품을 썼다고 합니다.

≪다자이 오사무, 동반자살?, 내연녀와 실종≫

다마가와 죠스이에 유류품. 상대는 미망인 미용사 야마자키 도미에. 불길한 소설 제목

≪다자이 오사무, 내연녀와 동반자살≫

다마가와 죠스이에 투신. 상대는 전쟁 미망인. 유서에 '이제 못 쓰겠다.'

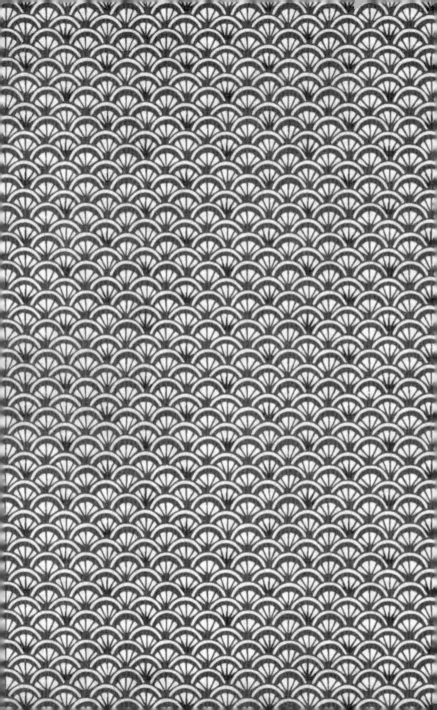